now loading　目次

now loading

うちの子が初めてしゃべったのは「バイバイ」だった。
こちらを向いて、手を振りながら。
初めての言葉が別れの挨拶かと思い、サヨナラダケガ人生ダと頭をよぎった。
妻も同じことを言った。

コノサカヅキヲ受ケテクレ
ドウゾナミナミツガシテオクレ
ハナニアラシノタトヘモアルゾ
「サヨナラ」ダケガ人生ダ

赤子を前に抱いて出かけると街では手を振ってくれる人が案外いるもので、人と目があって喜んでいる彼の手をとってバイバイなどしているうちに、いつの間にか覚えたのだろうか。
みていると、特に別れるときに言っているらしい。別れることと遠ざかることは少し違うような気もするが、これを一歳児が区別しているのだろうか。
風呂場で洗われて、寝室に連れていかれるときに笑って、掌をこちらに向けている。

それから急に成長が早くなった。次の日、家を七時にでて、八時半に病院について
パソコンをひらくと動画が届いている。赤子がハーモニカを吹いている。
不思議なもので、哺乳をおぼえて首がすわって一人立ちするまでの一年間よりも、
初めてしゃべった翌日にハーモニカを吹いていることに早さを感じる。

そういう感傷がありながらも日々はつづき、電車のなかで文献を読んでおき、
医者としての仕事があり、その合間をぬって下訳と研究ノートを溜めておき、
子が寝ついてから清書している。

2023.1.29

いただきますをすればもっともらえると思って、
食事中に何度も手を合わせている。
しかしそういう仕組みではない。

食事が終わると、おもちゃを手渡しながら、目を必死にあわせて
「おっ、おっ、おっ」と訴えている。
何かを伝えたくて（きっと「このフタをあけて中身を見せてくれ」とか）
もどかしそうにしている。言葉がいかに便利なものかと思う。

犬を言うのに、「んわんわ」「わうばう」「ばうばう」の三種くらいがあって、
今は彼はまったく気分で使い分けている。
同じように、話しかけられたとき彼は首をタテに振ったりヨコに振ったりするが、
それはまだ同意とか不同意を表すのではなく、
ただ首を振るとそれに大人が反応するので楽しいというだけで、
そのときの気分でやっている。

もう少ししたら、すこしだけ不自由になって、気分に任せることばかりでは
きっとなくなるだろうけれど、それで生活がちょっとでも楽になるなら良いことだ。
目下、「なんだ、こんなこともキミはわからないのか」と不満顔をするのが可笑しい。
音大のキャンパスに木蓮が咲いている。
暖かくなって春になったのを感じる。

2023.3.8

きのう買ったチャールズ・ラムの随筆を読んでいる。「本ばかり読んでいるのは、他人の促成栽培した植物を楽しむに近い」と引かれていた。

物書きの言葉と思うと辛辣である。


書物の好みをはじめて自覚したのは高校生のときだった。奇人とか独裁者の評伝が好きだった。高校の隣にあった図書館でラスプーチンを描いた二巻本を手に取ったときを思い出す。タイトルは思い出せない。

独裁者は大悪人として、同時に平凡な、卑小な人物として描かれるものだ。主には書き手の都合である。

誰か一人を、常軌を逸した人物としてだけ書くのは技術的に難しい。

というか、人間離れした性質ばかりであったらそれはもう人間ではないだろう。

（私の通っていた高校にはおかしな気風があって、体育祭が自由参加だった。それで隣の図書館に抜け出して本を読んだり勉強している人が結構いた。）


六時一五分に起きて、着替えているうちに子も起きて、朝ごはんを食べさせて、おむつを替える。（逆の順番がよさそうだが、それだと悲しそうに泣くので）

七時前に妻Tさんにバトンタッチして家を出る。ゴミを出す。

電車に一時間くらい乗る。乗り換えを一回する。

八時前に最寄りの駅に着く。


駅前にだれか代議士が辻立ちをしていて、くもった声を出していた。

通行人が手を振ると、ぱっと嬉しそうになって、

「ありがとうございます！」

2023.3.13

指差しながら「わんわん」と言っている。
色も形も違う犬たちが全部「わんわん」なのはやはり不思議だ。
そう似ているわけではない、というか全然別物である。チワワとラブラドールは
煙と雲くらい違うのではないか。イラストと実物の動物もどうやら対応させている。
紙の上、動かず触れなくとも「わんわん」。

絵をみて「犬」と大人が言っていても、本心では「(この絵で思い出すのはand/or
作者が意図しているのは)犬」くらいのところだろう。話が長いと疎まれるから
しかたなく短くしているだけで…

これは記号論の難しい議論なんだろうか。
モノ(犬)があり、それを表す記号(イラスト)があり、二つを結び合わせるのを
指示作用と呼ぶ、みたいな…。モノと記号を介して「想定上の結びつき」をもつ云々。
四足の、あの気の優しい動物をあらわすのは「いぬ」でもa dogでもun chien
でもいいので、つまり呼び名と呼ばれているモノは一対一の強結合ではなく、
人間側の都合でかろうじて繋がっている、とか。そうかもしれないが、

だから何なんだという感じがする。最初に読んだときとほぼ同じ感想を思っている。

ただ、うちの子の言っている「わんわん」は実在の犬そのものでもなく、絵本のイラストでもないので、もしかしたらあの「指示作用」なのかもしれない。

（便宜上「わんわん」と書いたが実際の発音は「ばうわぅ」）

2023.3.15

もらった歳時記をぱらぱら眺めていたら、初春の項に

人はみな　なにかにはげみ　初桜

とあって、良いと思った。

今日だけ子を「初桜ちゃん、初桜ちゃん」と呼んでいる。

2023.3.16

午前中は、すこし行ったところの公園で花見。
付き合いのすっかり長くなった友人家族と。
ハタチの頃からだから、もう一〇年以上である。

見回すと、新しいランドセルを背負わせて記念撮影をしている一家がいた。
カメラを向けられるのは（よい表情とか立ち姿を求められることは）おそらく
物心つくころの子供には特異な体験だろうが、どう作用するだろうか。
所作なんて周りから求められて身につくものじゃないかと言われれば、
それもそうかもしれないと思うけれども。
僕は写真を撮られるとき落ち着かない性質で、それは体とか表情を
動かないように固定していられないからだが、
ただフィルム・カメラでバシャンと撮られるのなら気にならないので、
自分の動かないこと以上に、
たぶんデジタル・カメラで撮るときの人間のあの独特の無表情が怖いのだと思う。

午後は、本屋をひらいた妻の友人宅に。集まってカレーを作るということで

手土産を持っていった。苺の季節。
小さい子と出かけるとき、とりあえず心配なのは彼が何かを壊してしまうことだけど、
犬とか猫を飼っている家だとすこし気楽である。
気の置けない大人が何人かいると気を配るのもいくらか分散される。
子も、かわいいかわいいいと構ってもらっていると機嫌がいい、表情豊かである。
持っていった苺は、結局ほとんど彼が食べてしまったようで、
私はカレーをご馳走になり、子の食べる苺を持っていっただけになってしまった。

2023.3.19

子が久しぶりの発熱。
風邪をひかなくなったね最近、と言っていた矢先。
職場に朝着くと妻Tさんから連絡が入っていて、
申し訳ないが午後の診療はキャンセルさせてもらって昼過ぎに帰宅する。

抱くと熱くなって手が火傷したみたいに感じる。肌が湿ったまま熱いからだろうか。
撫でていると耳まで熱いのが触れて、せつない。

一晩、それでもなんとか寝た後には解熱したみたいで、すこし良い。
ただ熱がなくなってから二四時間ないと保育園には行けないので、いずれにしても
お休み。午前中は私が時間休をとって、午後はベビーシッターさんにお願いする。

一一時前に来てもらって「引き継ぎ」をする。熱はいつから、既往歴は、連絡先、
かかりつけ医療機関は、とか。契約している病児保育のサービスで、その女性も
慣れた様子だけれども、初めて見る人であるのには変わりなく、子も緊張している。
知らない人と過ごすのにも慣れなくちゃいけないよと、どちらかといえば

自分に言い聞かせながら家を出る。

ただ病児保育が安く使えるようにするよりも、子が風邪をひいたときくらい

仕事を休めるようにしてほしい。――というか、私が職場に一日いないことで、

あえて言えば人が死ぬわけではない。病院に勤めている自分であってもそうなのだ。

医者はきわめて恵まれていて一日休んでそれで職を失うこともないだろう。

言葉通りの意味では、いま自分は仕事を休めないわけではない。

それでも休めないと感じるのは、周りの目をどう受け止めるかの、つまり社会とか

会社とかでなくて、結局は自分自身の意識なんだろうと思う。

2023.3.24

縦一〇㎝横二〇㎝の名札三枚を、保育園のシーツに縫い付ける作業。子の寝た後にはじめて、二時間かかってしまった。

裁縫セットを使うのは高校以来かもしれない。家庭科の授業で裁縫があったかどうか覚えていないが——

コンビニで買ってきた安い裁縫セットだが過不足ない大きさで全部そろっていて、針山まで入っていて感心する。糸通しがなくても糸の通る針を初めて見た。学生のときにはなかったはずで（あったのかもしれないが）こんな小さなところにも進歩があるのだと、これも感心してしまった。

（買ってきた名札用の布にも、よくみると縫うところに薄く線がついていていて優しい。）

保育園の進級にあわせて名札を縫い付けるように言われたときには、反射的に、アイロン接着のやつでいいじゃんとおもったが、同じシーツを来年また別の子が使うからという理由で、縫い付ける方式らしい。理由を聞くとなるほどと思う。ナミヌイを十数年ぶりにやっていて、これが生産的かと言われると分からないが、でも百年前の小説を読んで過ごすよりは誰かの役に立っているのかもしれない。

返す刀？　で、

睡眠時間を削って深夜にやっていることの作業を愛とは思わないが、

愛でないとしてなんだろうとは思った。

2023.3.26

四月の、新しい研修医とか看護師がまだ初々しいころの病棟の雰囲気が好きだ。
緊張感が、新人だけじゃなくて全員に少しずつ分配されているような感じがある。

言葉にできない感覚とか慣習とかルールが病院にはたくさんあって、
でも新しく入ってきた人たちに教えるために、ベテランたちが
もう一つひとつは意識しない所作をあらためて言語化しているのが良い。

自分でも、よく分かっていなかったところを再確認できるし、
（その研修医が精神科医にならないとしても）最低限なにをしてほしいか、
何をしてはいけないか、何は任せてほしいのかも整理できる気がする。
その内容が毎年同じかというと、そういうわけでもなくて、
自分で基本と思っていることも一年かそれくらいで変わっているのに気づく。

総じて、自分が研修医だったときよりもみな優秀で真面目だと思う。
大学を出たのは二〇一四年の春だから、もう九年前だ。今から思うとあの時点で
まだ自分は医者をやれるほど十分に大人じゃなかった。

それと関係なく、書いていて思い出したこと。

入職してすぐ、松沢病院の31病棟に配属されて、看護師さんが「ヴァーディー、ヴァーディー」と言っているのが何のことだか分からなかった。

正直に、分からないから教えてくださいと言うと、寝る前の薬だと教えてくれた。

しばらく経って、ドイツ語 vor dem Schlafen（眠る前に）の頭文字 vds の、さらに最初の二文字だけとって発音しているのだと知った。

自分で調べることの努力が虚しい一例である。

2023.4.14

珍しく子が二時近くまで寝なかったので眠い。
頭が回らないときは不思議なことが起きるもので、
むかし途中で投げだした訳稿がでてきたので、少し手を入れる。

過ぎしものは一綴り——現実も、仮初めも——三つ世に起きたことも、夜中煌々と映された夢の一幕も。ほしいままに夜の闇と眠りがこの身を覆うとき。鮮やかな、暈けた、愉しく、苦しい事ごとに区別なく、真実か、あるいは夢の一片か、つゆほどの手がかりもなし。麦わらの一本も形而上に所在なく、それを摑もうとするなど、はて。錆びた勲章、苔むした城や遺産に拠らなければ四代前すら知れない。忘却を裁く法廷はなく、ただ貴人を慰めるばかり。まして人の、己の過去について言うことなど、どれほどのことか。黒檀の抽斗あけて、物語の一頁のごとく、そこに栄誉のひとつ書き加えられたかもしれず。わが血統も、どこか西インドの島嶼へと紐づけられるかも。かつて私たちの岩礁であり、いま誰かの岩礁。砂糖貿易のために何も産まなくなった島——

(R. L. Stevenson, "A Chapter on Dreams.")

眠れなくて辛そうにしているとき、家のなかで抱いていても寝付かないので、毛布にくるんで外を歩くことが多い。そういうとき眼鏡もしないから乱視のせいで外灯はルイス・ウェインの猫みたいに光っていて、いつも歩く道に誰もいないから、というか眠気で、夢を見ているみたいだ。

2023.4.17

呼気の間隔とか音の調子で、あとどれくらいで寝そうとか、どれくらい深く眠っているか、何時ころに起きそうかが、おおよそ分かるようになってくる。子がやってきて半年とか、それくらい経ったころからだろうか。今まで誰かを知ったつもりになったことは何回かあったけど、ここまで知ったことはなかったし、なにか今までとても表面的にしか人間を見ていなかったような気がしてくる。暗くした部屋で誰かが寝るのを待っていると、つかぬことを考えてしまう。

個体発生が系統発生を模倣することの逆で、人間が眠りに落ちていくとき先祖返りというか発達段階を逆行していくように見えるのは面白い。夕飯の頃までは、新しく覚えた言葉とか手振りとかで精一杯に文明的に頑張って、でも眠くなってくると足元がおぼつかなくなって、幼かった頃みたいに理由なく機嫌が悪くなって、言葉もでなくなってきて、いよいよ寝ると、生まれたてのときみたいに眠ったままニヤッと笑ったりしている。寝ているときの頭のなかの混沌とした感じは、胎児のそれに近いだろうと想像する。

夢は、いつからあるのだろうか。
初めてみた夢は覚えていない。小さいころに繰り返しみていた夢はおぼえている。
校庭で、自分だけ裸で、恥ずかしくて遊具に隠れている夢。ラピュタみたいな
空中の野原に寝そべっていて、それが外に向かって傾斜しているから少しずつ体が
滑っていくのだけれど、腕を枕にして寝ころんだまま、動けないでいる夢。
大学受験をもう一度しないといけないと気付いて焦る夢。歯がぐらぐらして、
触れると一本ずつ抜けていく夢。

初めての記憶は、朝のスキー場にいて、足元の雪を食べようとすると、
「今はいいけど、少ししたら人が増えてきて、スキー板に塗っているワックスが
つくから、食べない方がいいよ」と言われたこと。それを言われている間、
父親を足元から見上げたときの視界まで鮮明に覚えているが、いま思うと、
彼がそこまで流暢に日本語をしゃべれたはずはない。

2023.4.19

しゃべれないのをいいことに、指であれこれ指図してくるのがかわいい。
このバナナに・そのヨーグルトをのせて・食べさせてくれ、とか。
食べ物を前にすると急に偉そうにするのも良い。異国の王様みたいだ。

明日は編集者と打ち合わせがあるので原稿を見返して、連絡事項をまとめておく。
（風邪をもしかしたら引いているかもしれなくて、朝になったら熱が出ていた、
保育園はおやすみ、小児科に行って、そのあと夜まで看病、というパターンもある。
担当編集氏には申し訳ないがそのときは打ち合わせはキャンセルである。）

うちの子が大きくなる頃には、おそらく翻訳家はもう無い職業だろう。
自分にとっての、たとえば「電話交換手」みたいなアルカイックな響きを
きっと持つようになっているだろう。大きくなる頃には、なんて書いてみたけど、
あと一〇年とかそれくらいのことかもしれない。

学術書の翻訳を手でやっているのは、自分の勉強と思ってやっているからで、
これがもし食い扶持であったら、自動翻訳を監訳する方法をとるだろうと思う。

それで正確性とか読みやすさは、あっても数パーセント落ちるだけだが、作業効率は一〇倍くらいになる。一〇倍の文献が読めるようになっていることの方が、文化的にも豊かだろうと思う。異論はたくさんあるだろうけれど。

ただ文芸翻訳はすこし特殊かもしれない。音楽とか映画と違って、知覚に直接はたらきかけることが文学にはできないので、享受されるために文脈というかサブテクストが必要になる。翻訳者の名前は表紙を賑わせる良性のノイズとして生き残るような気もする。

2023.4.23

妻Tさんに、株の上げ相場は英語で bull market、下げ相場は bear market と言うのだと教えてもらった。雄牛は角を振り上げて攻撃し、熊は腕を振り下ろして攻撃するから、という理由らしい。ということはまず雄牛は頭を下げて、熊は腕を上げるわけだねと茶々を入れたら怒られた。

子供は、膝に乗って親のパソコンを見るのが好きらしい。The Beatles の Yellow Submarine と、Bruno Mars の The Lazy Song がお気に入り。赤いネルシャツと猿が踊っている。

ブルーノ・マーズは、僕が東京に出てきたとき大々的にプロモーションされていた。よく使っていた新宿駅の地下に、おおきな壁面広告がしばらく展開されていた。いま思いだすと半年くらいずっとあったような印象だけれど、そんなはずはないから、きっと一週間か二週間のことだろう。引っ越して早いうちは敏感になっているから記憶が深くなる。あとは京王線の一年中やっていた競馬の広告。とにかく一年中、競馬をやっていた。

新宿といえば渋谷は、
ほとんど聞き取れない声の洪水と、屋外看板の顔たちに見下ろされて逃げられない
感覚があり、まったくschizophrenicな町だと思うという話をしたことがあって、
職場で一人だけ沖縄出身だった後輩が賛成してくれたのを覚えている。
どこで言っても共感してくれる人がいなかったので、そのときは嬉しかった。

2023.4.26

最近はバス（「ばっぷ」）がお気に入りで、それで昨日は初めてバスに一緒に乗った。

いつもの道だが、いつもより高い視線のせいか知らない場所にいるような顔だった。

同じところでも違う視界なら違う場所である。


バスの終点がたまたま彼の生まれた病院で、日曜で空いていたので中庭でしばらく遊んだ。妊婦検診で通っていた景色のなかに子供がいま走り回っているのが不思議だとTさんが言った。

そのあと近くの喫茶店にはいって三人でお昼を食べた。産後のまだ彼女が入院していたとき、お見舞いの品に添える短い手紙を書くために寄ったお店で、今度は僕が色々思い出したりした。

そのころはコロナの時代で、ほんの五分でも病院に入ることはできなかった。

警備員さんに病室番号を伝えてお見舞いを渡してもらう方式だった。

彼らは優しかったし慣れていた。


病院から戻ってきて、新生児を抱きながらでも食べられるのは、マスカット。

それ以外の果物はあまり便利でない、という話をTさんが教えてくれた。

赤ん坊が初めて果物を食べるのはそれから半年くらい後のことで、最初にイチゴをすりおろしたのをあげて、酸っぱさで彼が飛び上がってしまったので、それからはバナナになった。

バナナはしばらくお気に入りの座を譲らず、一本たいらげてからでないと何も食べない時期もあったが、今はそれほどでもない。

甘ければなんでも好き。

2023.5.1

子供が「無い」を覚えたらしい。
いちごを食べ終わったあとのお皿を指さして「ない」と言っていた。
これまではモノの名前か、身振りと結びついた言葉だけだったから、
一足飛びの進歩という気がする。
大人にすれば「ある」よりも先に「ない」を覚えたのは妙にも思うけれど、
幼児が覚えていくのは（意味でなくて）語の使用場面なのだろうか。

いちごが目の前に無いときに「いちご」と大人が言うことはないので、
子供が使用場面を覚えていて発語をしているのだとすれば、
「いちご」の発語では〈いちごの概念＋いちごの存在〉が言われていることになる。
そう考えれば「無い」を先に言うようになったことも、一応分かる。

書いていて、西洋哲学が延々つづけている「〈ある〉とは何か」の問いが、
すこし分かった気になる。
『存在と時間』の最初のところで「〈存在する〉という語を理解できていないことに
私たちは当惑くらいしているだろうか。いや、微塵もしていない。」と始まるのは

「〈ある〉という普通の単語が実のところ何を意味しているかを知らないことに、当惑していないなんて、おかしい。放っておいていいことじゃない。」という意味だろうけど(でなければ自説を語りはじめる前にわざわざ書かない)、そうだろうか。一つひとつの言葉が実のところ何を意味しているか理解できていないことは、放っておけないような大変な事態だとはあまり思えない。

「自分の使っている言葉の意味をだれも詳しくは説明できないのに、どうしてそれでも世界は回っているのか」と問う方が、芯を食っている気がする。

午前中はお風呂で水浴び。お昼寝をしてから近くの区立美術館(というかその前庭)に出かけて行って、Tさんと展示もすこし観れた。第一次大戦のころ、ベルギーに留学していた洋画家たちの絵。昔の絵は大きくて良い。気負いがないみたいな顔をしていないのも良い。

2023.5.4

一歳で保育園に通うようになってから、初めての大きな連休。

普段とは少し違うこと、朝すこし遠くの喫茶店にいって三人でサンドイッチとコーヒーとオレンジジュースを飲むみたいな穏やかな時間もあったし、美術館のお庭で遊ぶとかもできて楽しかったけれど、薄い緊張の続く感じがあった。

保育園のある間は、とりあえず明日の朝まで過ごせば、保育園の時間になって彼は嬉しそうに走っていくし、親も一息つける、という安心感がある。仕事があるにしても一息つけるのだ。なんというか、楽な労働でもなく、自分で「息をつく暇もない」仕事だと思っていたこともあるけれども、それでも一歳半の子と夜まで過ごすのに比べればよほど余白がある。

子供を一日みているのに比べれば、どんな仕事も（あえて言えば）楽であると気付いたことの衝撃は大きくて、今までずっと立派だと思っていた学者の仕事も、この人は子供がいたはずだけど全部だれかに（おそらくは妻に）任せていたと分かるようなくだりがあると、それ以降は何が書いてあっても不誠実とか現実感を欠いたものと感じるようになってしまった。
大変なことを人にやらせるのが良いこととは思えない。

小さい子を一日みているのは、仕事を一日するよりもずっと大変である。
子供のやってくるまで、いくら大変といっても、仕事よりは大変じゃないだろうと
思っていたが、そんなことは全然ない。

でも幸いに天気も良かったし、緊張もあったけど明るくて楽しかった。

2023.5.8

三人で京都に行ってきた。
新幹線のなかで良い子にしてくれたので、楽しいばかりの旅行だった。

新幹線の着いたのが一三時。
岡崎の美術館でしばらく時間を過ごして、それから東山のホテルに向かった。
涼しくなってから文化博物館で写真を見て、すきやきを新京極で食べた。
夜もすぐ寝付いてくれたので、横目に、Tさんとビールを飲んだりして過ごした。

二日目は三条大橋で同郷の工藤順さんに会って昼まで一緒にいた。ふたばの豆餅を買ってきてくれて優しい。ウラジオストクのこと、彼の兄妹のことなど聞いた。

つくづく奇妙な縁は、二人とも同じ年に京都に引っ越してきたこと、
伏見のすぐ近くにそうと知らずに住んでいたこと。結婚して苗字を変えたこと。
寺の家系であること。古い本の翻訳に三〇歳になる直前の数年を費やしたこと。
あと私たちは二人とも背が高くて不健康に痩せている。

ロシアとの関わりが新潟はおそらく独特である。
港町として通商のもっとも古くからあった国で、定住するロシア人コミュニティと関わりはいまも深い。大学と医学部がそれぞれに姉妹校を持っている。そして満州開拓団として送られて、日本軍に棄民されてシベリア抑留者となった人たちが日本にまず戻ってきたのも新潟である。

外形的にはそう区別のつかないはずだが、「白人」というとき祖父たちはロシア人を微妙にそこから分けていて、何かもっと複雑である。
その感覚はおそらく私たちの代まで伝わっていない。

2023.5.14

しゃべるような感じで、喉や舌を動かしてごにょごにょ言っている。

そこからどんな音にも変われるような、言葉の原基というか、メタモンみたいな。

一〇歳ころまでどんな言語もヒトは覚えるらしいけれど、自分が五歳でフランス語を新しく覚えたとき、ごにょごにょはしなかった気がする。


単音節を復唱するのも上手になって、母音はほとんど言えるようになった。

そのせいか語彙も少し増えて「ごん」と「ここ」を言えるようになった。


「ごん」は頭をぶつけたときに、ぶつけた対象を指差しながら不満そうに言う。

「ここ」は漠然と、場所を指すとき。

散歩にいこうかと聞くと「ごーごー」と答えるのも可愛い。


鬼門はここのところ朝晩の歯磨きで、両親がたっぷり心身の余裕をもって小芝居をおりまぜながらすると泣かずに済み、そうでないと泣く。最近は同じものを外でも食べられるようになってきたのが楽しくてつい甘いものもあげてしまうので、前より歯磨きを丁寧にやらねばと思うが、そう思うころに今まで前八本だったのに奥歯が生えてきて後門の虎である。

そろそろ彼がベッドに一人で登りそうなので、窓が開かないように対策しなくてはと思う。転落事故は怖い。大学のころから小児科の授業のたび転落事故と浴槽事故について言われてきたので、それだけはなんとか、と思う。

翻訳した小説の書評がいくつか新聞に載っている。自分と違った読み方をされているところもあり、面白いと思う。数年前には想像できなかった事態である。

2023.5.15

何を書けばいいか分からない、と思ったことはあまりなかった。岩山登山のようなサリヴァンの翻訳をなんとか終えてからは、自分の思っていることをひとまず文字にするやり方が分かって、とりあえず嘘のない、過剰でも過小でもない文章を書けるようになった。

ただ今やっている仕事はそうもいかなくて苦しい。他界されたN先生の文章に一種の書き足しをする作業で、これは今まで自分のやってきたことと全然違う。どうにも書けず苦しくて消耗するので気分転換に陰毛を剃ったりしていたがN先生の霊にさせられている気分だった。苦し紛れに、先生の論考から印象に残ったところを書き出しておく。

（三歳前後の）大きな変化期において、もっとも重要なのは、そのころから記憶が現在までの連続感覚を獲得することではなかろうか。なぜか、私たちは、その後も実に多くのことを忘れているのに、現在まで記憶が連続しているという実感を抱いている。いわば三歳以後は「歴史時代」であり、それ以前は「先史時代」であって「考古学」の対象である。

（『徴候・記憶・外傷』）

記憶をどう定義するかは難しいが、仮に「いつ・どこで・なにが」の感覚とすると、これを文法獲得と切り離すことは難しい。定義上、一語文しか話せない幼児には記憶はまだない、ということになる。（言葉遊びの感もなくはないけれども、小児神経の専門家も同じような説明をする。）

ただこの文法／言語を持つようになってからも先史的はたらきは残っていて、その一端が外傷記憶 traumatic memory にあらわれる。生死を分けるような事態、震災や一方的暴力に襲われたときを思い出そうとしても嗅覚とか音声の断片だけが身に迫る生々しさとして現れて言葉にならない。

2023.5.22

調べ物があって五年ぶりくらいだろうか国会図書館に行ってきた。

京都に住んでいたころ、洛中の道がどこも真っ直ぐに長いのをみるたび古代権力の強さを感じていたが、国会図書館にはそれと違った、現代の権力を感じる。

一つあれば済むかもしれないけど一つしかないじゃん、という不便さも含めて。


資料集めが終わってから新橋の博品館にいって、最近は救急車フリークのわが子に音のでる救急車の模型を買った。

妻Tさんの誕生日が近いので帰りにケーキを買って帰宅した。

帰宅して翻訳をしばらく進めて、夕ご飯を準備して
子が保育園から帰ってきてから救急車のおもちゃを渡してやると、ふるえるような小声で「きゅうきゅうた……」と言ってから
あまりの嬉しさを受け止めきれなかったのか大泣きしてしまった。
大好きなものが突然あらわれることは嬉しい以上に不穏な出来事かもしれない。
自分だったらどうだろうか。いつか会いたいと思っている人がふと目の前を

横切ったら、最初に感じるのは嬉しさよりも狼狽とか混乱だろうか。

大学生のとき習っていたジャズの先生が、新潟のコンビニでチック・コリアに遭遇して「ぼく嬉しくって「ねぇチックでしょ?」って聞いたらイエスって言うからさ、一緒に写真撮ってもらっちゃったよ〜」とはしゃいでいたのを思い出す。狸みたいな人だったが豪傑だった。

(後で写真を見せてもらっても、たしかにチック・コリアだった。)

2023.5.24

Tさんの誕生日だったので、すこし良いところで外食した。
メヒカリを浅く揚げた料理がよかった。

帰り道に寄った本屋で、六角堂さんの装画が目に入って『さよなら肉食』を買う。肉食主義（そういう言葉があるらしい。ビーガニズムの対義語）は僕の死ぬまで続いているだろうか。三〇年もしないうちに無くなっている気もする。図書館でタバコが吸えたのも、きっと昔はそれを批判するなんて過激派と思われていただろうけど、いざ変わってみると、そういう時代があったのも信じられないくらいだ。僕が小学生の頃のことだったと思う。新しい法律ができたとか、それくらいのことだったか。

家に帰ると子供が、遠くから来た祖母に見せようと思ったのか、「ちっち」と急に言いだしてトイレに向かい、自分から便器にまたがって、きれいに用を足した。
補助便座を買おうかオマルを買おうかと悩んでいたところだったので、一足飛びの進化に驚きを隠せず。本人含めて四人ともびっくりしていた。

子が祖母と楽しそうにしていると嬉しい。安心する。
私たちよりよほど全身を使って子供と遊んでいて尊敬する。
出し惜しみをしない、というか。体力の……

彼がまだもっと小さかったとき、ほんとうに手が離せなくて祖母が月に一回、
面倒をみにきてくれて任せられる数時間は僥倖のようだった。
でも今は、ベビーシッターをやってくれるからというよりも、
ただ祖母といる彼が楽しそうだから来て欲しいなと思うようになっている。
祖母も楽しそうにしているのが嬉しい。
健康でいて欲しいなと思う。

2023.5.27

妻Tさんが今日から一週間ロンドンに出張。
一歳の子がいる人に海外出張を命じるのは道徳にかなうことだろうか。
その会社の指示は法に触れないにしても正しくないと思う。

保育園に子を送ってから出勤して、九時に電話がかかってきて、発熱したから迎えに来てくださいとのことで、三〇分だけ仕事をして病院を出る。お迎えしてから小児科受診。夜は友人に頼んで来てもらい、不機嫌な子の相手をしてもらっている間に洗濯ともろもろの連絡をしてまわり、それから風呂にいれたら、ころんと寝てしまった。大きな病気でなくて良かった。

2023.5.29

朝、バスに乗っていて、一人でいる（女性の）高校生を、
急に異星の人みたいに感じた。クレバスを踏み抜いたみたいで怖かった。

三〇にもなって、と思うが、高校生のころからそう大きな心変わりも自覚せず、
聴く音楽とか服が変わったのは知っていても、ただそれだけのことだった。

自分がそんなことを考えている間に、たしか同い年だった柏木由紀さんが、
高校生かあるいはもっと年下の人たちと同じ雑誌に並んでいるのを見かけると、
畏怖に近いものを感じる。そういうときに闘っているものの大きさが分かるような、
とても分からないような、二つの感情が同時にあるので……

高校生のころ読んでいた漫画雑誌がまだコンビニに並んでいて、
それを目で追っている。（『コッペリオン』は原発の事故の後どうなったんだろうか。）
アイドルとかそういうのが苦手で、児童労働じゃないかと思うばかりで、
それは今でもそうだが、ここにきてこういう感情の変化があるとは思わなかった。

快と不快だけの世界から赤ん坊がその中間のひろい土地を拡げている間に、
大人たちは感情を言うための振り切った表現を探しているけれども、本当は、
物事の一つひとつには、もう自分たちがそんなに心動かされないのを知っていて、
どれだけ言ってみても何も起きないのを分かっているのだろう。
求めている強烈な感情がなくて手に入らなくて、新しい表現を見つけるたび使って、
それに痺れて、そのたびに少しずつ絶望している。

2023.6.1

「ついた」といって手先の米粒とかクレヨンを拭いてもらおうとするようになった。初めての動詞である。これまでは名詞（わんわんの類）とか形容詞（「ない」とか）だけだった。でも意味で考えればこれも形容詞だろうか。

数日おくれて、「かく」（一文字目に下向きのアクセントがある）と言って、紙とクレヨンを要求するようになった。Tさんが絵を描くのが上手で、好きなので、二人で楽しそうにバスの絵とかぬいぐるみとか私の似顔絵を描いている。子はそれを上から塗りつぶすのが特に好きらしい。なにか義務があるみたいに一心に塗りつぶしている。

笑ったのは、見開きにたくさんの犬種が載っている図鑑をみせて、「これは？　これは？」と順番に指さしていくと、最初はぜんぶ「わんわん！」と答えていたが、そのうち（おそらく「見た目が違うなら名前もちがうのか…？」と思い始めて）「わんぱう」「わるわる」「わんにゃんにゃん」「わっぷっぷ」とかと適当にバリエーションをつけはじめたとき。

猫以外の有毛の四足動物が全部〈わんわん〉であったところ、微妙にちがう姿かたちのものを連続でみせられると差異が目に付くようになって、別々の名前まで用意するようになるのは、博物学の始まりをみているみたいだった。

細かいことに気が付くのはひとまず良いことである。

2023.6.11

大学に入って最初のころ、教養課程の数学が難しくて、ほとんど分からなかった。それまでと微積分の使い方が変わったのが原因だろうとは思いつつも、どこから手を付けていいかも摑めず、一年生は単位さえ取れればよいのだという雰囲気に流されて私は教科書を丸暗記だけして試験を受けていた。

今はどうか分からないが、そのころの医学部生には悪弊があって、教養課程では平気でカンニング・ペーパーを回していた。学年の半分くらいは受け取っていた。それを悪いこととも思わないような空気があった。（当然、そのふざけた空気は他学部の先生によく思われていなくて、それで医学部生は目をつけられていたが二年生に上がればどうせ専門課程に移るので気にしない、という悪循環だった。）

そのカンニングが、たしか物理学の期末試験のときに試験監督の助教に見つかって、それで数人が全単位取り消しとなり、留年した。春休みに、そのうちの一人が飛び降り自殺をした。

四月に、二年次オリエンテーションの場に医学部長が出てきて、その学生の通夜に参列してきたことを語りだした。二〇分くらいだろうか、亡くなった学生の名前を間違えたまましゃべりつづけた。

五年後、卒業アルバムにはその学生の名前も写真もどこにもなかった。

大学時代のクラスメイトとは、今ではほとんど付き合いがない。一つには卒業して遠いところで研修医をやることになったからだが、ときどき思い出すと、思い出したくないことが多すぎるなと感じてしまう。

2023.6.14

身体がそれなりに大きくなってきて、遊んでいて彼が腕を振り回しているのが
ぶつかるとかなり痛い。色鉛筆などを握ったままだったりするとなかなか危ない。

親であればいいが、周りにもっと小さな子のいるときだったり、
あるいは打ち所が悪ければ、などと考えると、どこかナンセンスな気もするが、
それでも注意しなくてはいけないのだろうという話を妻Tさんとして、
そういうことがあると「だめだよ」「今のは違ったよ」と伝えるようになった。

大きな声を出すわけではないけれど、声色がいつもと違うことは感じるようで、
きまり悪そうに「偶然あたったんだ」というような顔をしたり、
「自分の手も痛いのだ」というように手のひらを寄ってきて見せてみたり、
よく分からなくなって別のものを叩いたりしている。
どこか独特な居心地の悪さを、注意された後には感じているようだ。
一言でいえばそれは、不安ということだろうと思う。

　中くらいの不安は、その原因について（急激ではなく）緩徐に理解させる作用

をもつ。かなり幼いうちから、「何々をしてはいけないらしい」という類の学習は行われていて、すなわちそれは〈自分の身体〉のしたことの一部を、生活世界のなかで〈自分でないもの〉として置きなおすことである。ヒトの学習契機のうち最大のものはともかく不安anxietyである。…不安の有無による学習の次に来るのが、不安勾配による学習である。何をすれば不安が増大するか、あるいは減少するかを識別するようになり、なるべく不安の減少する道を選ぶようになる。…不安が「あるか・ないか」の二択であるような状況はあったとして人生の最初期に限られている。ある時期以降、ヒトの行動を形づくるのは、多少とも不安の小さい方に転がっていこうとする性質である。

（サリヴァン『対人関係論』）

そう間違ったことはしてないはずだと思いつつも、
子がいつもと違った様子を見せると親もどこか不安になってしまうもので、
隣にいた義母が「子供ってそういうものよ」と言うのを聞いてすこし落ち着いた。

2023.6.17

きょう初めて二語文をしゃべった。


「だっこ　まま」

（抱っこしてくれ、ちがうパパではなくママだ、の意）


昼間、駒場でK記者のインタビューを受ける。写真を求められたので帰宅してから妻に撮ってもらった。そのあと二人で保育園に迎えに行って、そのまま外食をした。夜はまだ涼しい。

去年は特別に暑かったので、今年は勘弁してほしいと思う。


夕食を食べながら、保育参観の様子を聞く。

良い子にしていたらしい。家にいるときより構ってもらえる時間は短いはずだが、保育園にいるときの方がおとなしいのは不思議だ。

園庭でとにかくずっと砂団子を食べていた、と。

保育参観のとき親は見つからないように変装をする。今回はうまくいったらしい。

去年の秋に自分がいったときには、ひやっとする瞬間がいくつかあった。
女の子は変装していても親を見つけるらしい。
眉毛まで隠すこと、声を出さないことがコツだという。
こう真面目に変装について考えることが今後あるかどうか。

2023.6.20

七年ぶりに友人Hと会う。
高校のときからの付き合い、最後に会ったとき彼は駒込にいて、
私は新潟でまだ学生だった。

元気そうで、久しぶりに声をかけてよかった。
ずっと連絡を取っていない友人に連絡を取るのには勇気がいるものだ。

地層だか風力学の研究をしていた彼が死亡表の計算をやるようになっていたのには
驚いた。（いまは死亡表でなくて生命表と呼ぶらしい。）
休みの日には仕事と関係ない勉強をしていると言う。
彼らしい言い回しだなと思った。

私が多少とも真面目に文学を読むようになったのは彼の影響で、
進路が分かれてからたまに送ってくれていた手紙には、高橋源一郎に会ったとか、
いま文学の授業ばかりとっているとか書いてあった。

手引きをしてくれて駒場の授業に潜らせてもらったときは田山花袋の講義だった。
中高年男性の性欲の話（だと私は思った）。
自慰のできなかった時代は大変だなと感じるばかりで、
これが真面目な態度かどうかは分からないが、それでも印象には残っている。

付き合いに疎い彼が高校の友人とは今でも会っているらしいのにも驚いた。
自分はほとんどそういうことがないので。

仲の良かった同い年の人間が死んだことはまだないと言っていた。

2023.6.24

子の時間に幅があるようになった。
このあいだまで今しか知らなかった幼児が、
いつのまにか「ちょっとまって」をできるようになり、
「おきがえしてから、ごはん」を分かるようになり、
「もーいっかい」と人差し指をのばすようになった。

大人が回数で数えていないことにまで「もーいっかい」とやっている。
道ですれ違ったおばあさんに優しくしてもらったときとか。

おばあさんがいなくなってから、
いくら親の顔をのぞきこんで「もーいっかい」としても、
もう一回おばあさんが笑いかけてくれることはない。

繰り返し可能なものと一回限りのものの区別を、彼は少しずつ学んでいる。

大人も実のところよく分かっていない。

母乳をある日とつぜん飲まなくなったとき、寂しくなって二人で泣いてしまった。
またあると思っていることが明日またあるとは限らない。
最後の抱っこもいつかあるのだろう。
ただそれが最後だとはそのとき気付かないはずで、後になって寂しくなるのだろう。

2023.6.28

拒否のバリエーションが増えてきた。

この前までは首をぷいっとするだけだったのが、
いつのまにか「やっ」というようになり、（親に）「めっ」と言うようになり、
まれに「やだっ」と言うときもある。

食べたくないものが顔の前にやってくると首をふる。
都合が悪いと聞こえないふりをすることもある。

きみに何が分かるのかという気もするが、
それでも事典をみせてモノの名前など言ってみると正確に指差していくので、
発語しないだけでかなり理解はしているのだろう。

あと最近は母親への偏愛がきわまっている。
一緒にいる時間でいえば、僕と妻Tさんでほとんど同じくらいで、
もしかしたら僕の方がすこし長いくらいだが、

この一カ月くらいは、とにかく母親が大好きで、すこし視野から外れるだけで
呼びながら追いかけていく。ママー、ママー、と。

昼寝から起きたときも、母親の近くに連れていくだけでまた寝たりする。

父親にはそういう情感はないらしく、
母親に抱かれているときがとにかく最高、という顔をしている。

父親と母親が二人でいると割って入ろうとする。
一番近くに二人は座れないから、父親がそこにいるなら自分が、というような表情。

これをみてエディスプス・コンプレクスとかと考えだすのはやりすぎだが
そういう様子はたしかに見せるものなのだなと思った。

2023.7.3

子供を保育園に送ったあと、喪服を買いに新宿に行く。

西口を出て地下通路、よどんだ新宿の目の回転の止まっているのを越えると
ビル群の地中根が這って飲食店になり噴水になり、コンビニと理容室になっている。
地下に池があり水のつたう壁があり、人間が立って電話や座って食事をしている。
動く歩道があり同じ長さの動かない歩道があり、一昔前の未来、という感じがする。

喪服は、安いのを売りにしている店なら安いだろうと深く考えずにいたら
そんなことはなくて、高かった。丈を直す間に入った本屋では本が減り、
かわりに文房具が増えていた。万年筆が喪服と同じくらいの値段だった。
どっちが高くてどっちが安いのか私にはよく分からない。

筆記具は、私は持ち手のところにゴムさえなければ何でも良くて、
郵便局の机に置いてある黒と透明のプラスチックのペンが売っていればよいが
売っているのをあまり見かけない。
安いペンはどこでも共有物になっているものであまり困らないけれど

自前のボールペンを一々求められるようになったらと思うと……

このままビニール傘もいつか共有物になってほしい。
夕方に雨が降るとしても晴れた朝に傘を持って歩くのは、気の抜けた感じがして
あまり気が進まない。行きの雨も帰りの雨も、ならせば同じ回数あるはずだし、
共有にしてもよさそうだが新宿駅だと田舎の無人駅みたいにはいかないものか。

行き交う人たちはスーツ姿で、暑そうだが喪服も似たようなものだ。
一昔前の未来を来たときと反対方向に歩いて帰る。来週は葬式。

2023.7.4

白砂青松が日本人の原風景だとか言われるらしい。
分からないが、(というのは、自分がその意味での日本人ではおそらくないので)
ただ浜辺と松の風景はよく記憶している。
防砂林である。
通った小中学校は海のすぐ近くで、潮風のせいで法定の点検では追い付かず
鉄筋がすぐ錆びてしまうのだと教師たちが言っていた。
高波があり、防波堤とテトラポッドがあり、
その内陸側に松の防砂林があって傾いていた。
風でまっすぐに育たず、この松の木をこえて波の花が飛ぶ。

風の吹いてくる方向には佐渡島が見えて、その向こうの朝鮮半島は見えない。
拉致された人のいる街だった。戦後の引揚者もいる。薄暗い海岸線だが、
名前は立派でこれが日本海である。そこに原子力発電所が冷却水を吐き出している。
ある年、冷却水の温度があがったとかでクラゲが大量発生して、排出口を塞いだ。
それで原発が止まったりした。

人口の多くない街に漁港がいくつもあり、北前船で栄えていた町史をみても
港町というほかないが街の人はそういわれても首をかしげて納得しない。
海をあまり住人は恵みのものと思っていなくて
毎夏、湾をめぐって花火大会をする人たちだが
どこか海のことを遠ざけて考えないようにしている気配がある。

花火の終わったころに息子を初めて連れていく予定でいる。

2023.7.6

訳者あとがきを一つ書き終えた。

一年二年とかけて翻訳した本について思うところはたくさんあり、気づいた点もたくさんあるが、それをすべて挙げても見苦しく文章にならず、そのなかの特に一つに絞り、かつ読者の便宜になり、またそれ自体としても書かれる意味のあるものをと考えだすとキリがない。あとがきの初稿では、記憶の曖昧さについて書いていた。

「中高のときに街の崩れるような地震を私は二度経験していて、ただそれからしばらくは、具体的には子供の生まれるまで十年余のあいだ、震災が自分にとってどれほど深い記憶であったかを自覚していなかった。その間には東北大震災もあり、親しい友人が下宿先を失ったりもしたが、それでも気づかないでいた。自覚するようになったのは三〇を過ぎて、高い棚に皿を置こうとした刹那につよく脅かされる感覚の生じたときである。それまでずっと無意識に避けていた行為が、赤子のやってきたことで避けられなくなって、つまり皿を低いところに置けなくなって、はじめて意識を攫ったのであった。」

私にはこの数年で特に印象的だったことの一つである。
ただ読者にとってはどうかと考え出したら分からなくなり、削除した。
書いてはみたけれど活字にならなかったこういう文章はどこか気の毒なもので
供養したくなるような sense of guilt を生じさせるものである。

文脈もなにもなく宙に浮いている高々数行のセンテンスは何にもなれず
ただ場にそぐわない感じがしたというだけで記録されず、
こんなに短いのに二度とはまた書かれないだろう文字列と思うと切ない。

それは日々の大半の出来事のようで、生きているとそんなことばかりだから、
せめて日記でもなんでも書いておこうとして、こんな風に書き物もしているが
書けば書いたでまた同じことが紙のうえで起きてしまって、つくづく
立つ瀬がない。

2023.7.10

気付くと、いつの間にか、名前を呼ばれたり持ち物を見つけたりすると自分の胸を叩いて教えてくれるようになった。

ぼくのだよ、という感じで。

彼に「自分」という感覚のあらわれたことに驚いて、すこし感動する。

関係があるのかどうか、幼い所有欲もこのところ見せるようになった。

玩具を抱え込んだり、渡すのを渋るようになった。

保育園では「ドーゾー」とか「アリガトー」を教えてもらっているらしい。

特別のモノと「自分」の感覚は、考えてみればかなり近いのかも。

自分の一部みたいに感じて私も本をずっと捨てられなかった。

古書店にはじめて引き取ってもらったのは二〇二二年一一月のことで、子供が一歳になった前後である。段ボールに詰めてみると何ということはなかった。

こだわりがなくなったのは、子が生まれたからというよりもどの本をいつどこで買ったかをすべて覚えておけなくなったからだった。
一人暮らしをはじめて二回目の引っ越しまでは記憶していたのを覚えている。
三田に住んでいたときが最後だ。そのあと祖師ヶ谷大蔵に引っ越して、
リビングまで本が進出してきて、その頃から覚えていられなくなった。
自室におさまる範囲がヒトの記憶の限界なのかもしれない。
あるいは私の老化かもしれないが。

2023.7.11

意にそぐわない提案には「やだ」と言うようになった。

マトがとても小さいので、ほとんどの提案は外れて却下される運命である。

いま食べ物なら「桃」、遊びなら「ばっぷ（バスの動画をみる）」がいつも正解で、それ以外はすべて気分次第という厳しい戦い。

「やだ」と言ってみたほうが親の反応が色々あって楽しい、というのもありそう。


先月はとにかく風呂に入るのを嫌がって大変だったが、アンパンマンと浴室用クレヨンを導入して解決された。

ここのところは体を拭いて、布団で三〇分くらいごろごろして寝ると二二時くらい。

昨日はうとうとしたくらいに「ばっぷ！」と叫んでブリッジして、そのまま寝た。

よく分からないが楽しそうなので良い。


暑くなってきたので保育園の送り迎えに電動自転車を使うようになった。

乗っている分には楽だが、それ自体が三〇kgくらいあって出し入れが大変で、玄関が狭いのもあって妻Tさんは（子を抱えながらだと）一人では出せず、彼女が送りの日は私が自転車だけ道路に出しておいてから出勤する。

三〇分くらい路上駐輪だが、家の前だし許されるだろうか。

子は七時半に園に向かう。登園渋りはいまのところない。
とにかく園の雰囲気が明るくて、親まですこし元気をもらっているくらいだ。
子供を預けて出ていくとき「いってらっしゃーい」と言ってくれる。
まわりの親たちも働きながら子育てをしているわけで、
子の年齢が近いのもあって〈同志〉である。

父親が送り迎えしているのは三割くらいだろうか。
先生たちにも「まずお母さんに」みたいな雰囲気はそれほど感じない。
発熱の連絡先も、うちは曜日ごとに父担当と母担当の日を伝えていて、
一手間だと思うけど、その通りに連絡してくれるので助かっている。

2023.7.14

すこし遅く起きたので近くの喫茶店に行って朝食をとった。
去年の今くらいには外食なんて遠い未来のことだったが
あっけないもので、そう狭いところでなければ何とかなるようになった。

食事のときには子供のやってほしいことも分かりやすいので
(「オレンジジュースに入っているこの氷、邪魔だからのけてくれ」とか
「パンにトマトを載せるのは止めてくれ、すこしなら許す」の類である)
そう大きな齟齬の生じることなく、三〇分くらいなら膝の上に座っていてくれる。
葉物のほかは大人と同じものを食べている。

それから、乗りたがるのでバスでそのまま知らない終点の街までいって、
そこから次は電車に乗って帰ってきた。

帰ってきてからは風呂場で水遊びをして、水遊びをすると眠たくなるもので
そのあと一四時まで昼寝してくれたので助かった。

起きてきてもまだ外は暑かったのでテレビを見ながらしばらく過ごして、
夕方になってから二度目の外出。

近所のお寺さんで盆踊りをやっているのを思いだして寄ってみると
露店もでて中高生からお年寄りまで大賑わいで、向こうの見えないくらいだった。
中学生の初デートだろうか、浴衣姿でぎこちなくしているのを横目にみて笑う。
近くの酒屋が外に出していたワゴンで瓶ビールと妻Tさんはコップのワインと
子は蜜柑ジュースを買って、バケツをひっくりかえした椅子に座って三人で飲んだ。

なにもない穏やかな日も良いが、
知らないところにいったりお祭りがあったりするとまた特別に楽しい。
来年が待ち遠しくなる。

2023.7.16

保育園に子を送ってから内田百閒の台湾旅行記を読んでいた。

旅がうまく行かないことの不満話にはじまり、友人たちの不義理をなじり、部屋から出たくないから隣室に電話をかけたりとか、書いてどうなるでもないことばかり書かれていて面白かった。

晴れるような美しい描写は一冊読んで一箇所あるだけだったが、船からみた景色の、ただ見たまま書きつけているような、インクのまだ乾いていないような文章に説得力を感じるのは、どうなるでもないことに拘りつづける大量のエネルギーのある人間に対して、そうでない人間が抱きがちな憧れのためである。

瀬戸内海はまったく畳の上のようであって、船に乗っていると云う気持ちはしない。…備前の児島半島から眺める四国の象頭山や屋島の山の姿は子供のときの記憶にありありと残っているけれど、船で通るとどんな形に見えるだろうと思ったりしたが、月のない夜の海なので、どの辺りに目を泳がせると云うあてもない。晩餐のあと甲板にでてみると、きらきらする燈火のかたまった岸が遠くに見えたり、草餅のような形をした小さな島が水明かりのなかに浮かんで、その頂に光っている燈台の燈が手すりから乗り出している鼻の先をこすっていくように思われたりした。

（『蓬萊島余談』）

研修医の終わったあとにしばらく住んでいたシェアハウスの女主人がそういうエネルギーのありあまったタイプの人物で、あるとき
「リモコンでエアコンの設定温度を下げてさ、
リモコンは反応したけどエアコン本体が反応しないときさ、
あれは私の指示は入っているのか、入っていないのか、
全然わかんない。はっきりしてほしい。」と
唐突かつ真剣に怒りだしたことがあって、全然かなわないなと思ったことがある。

2023.7.18

すべての言葉がまだ感嘆詞である。
とはいえ動詞らしいものが増えてきた。

「く。」とか。
これは「紙とクレヨンもってこい」である。
もう少し難しくなると
「む。」で、
これは我が家だと「牛乳よこせ」になる。
ご飯が済んでいると同じ言葉が「絵本を読んでくれ」になる。
おそらく「かく」「のむ」「よむ」の強勢音だけ拾っているのだと思う。

コミュニケーション上はほとんど同じことを
「だっこ」と言いながら親の足元に来て両手をバンザイするとか
右手をグーにして口の前で動かすとか
「もも」と泣きながら冷蔵庫の前に居座るとかして表しているのだが、
品詞がいろいろ出てくると親はどうしてだろう嬉しい感じがする。

誰だったか、動詞活用の難しい東欧語話者の少年が英語を習って驚き、
どうしてイギリス人はそれらしい語法もなく意思を通じるのか不思議に思って、
長じて言語学者になったという話を読んだことがある。

二語文といってもまだ
「まま　だっこ（母親だっこしてくれ）」か
「ぱぱ　ばん（つぎは父親お前の番だ）」くらいで、
それに一語文をいくつか加えるだけで意思を通じている息子をみると
その東欧の少年の気持ちもよく分かる気がする。

2023.7.21

走るのが上手になってきた。
成長のためにもいいだろうと思って、なるべく広いところで放牧しているが
その成果もあるだろうか身のこなしも悪くない気がする。

初めのころは歩くこと走ることの区別もなかったのに
今では嬉しいことがあれば走り出し、怖くなれば後ずさりしている。
ハイハイはほとんどなくなって、それでも楽しくて甘えているときと
机や椅子の下にはいった玩具を救い出してくるときには四つになっている。
何度か頭をぶつけるうち、さらに頭を下げて腹這いに進むこともするようになった。

歩きだしたときには両手を上げてひらひら阿波踊りでもするようだったが
腕をさげて一応は前後に振るようになった。
妻Tさんと向かい合わせに座って、
そこを二、三歩しか歩けなかった彼が倒れ込むように往復していたのが懐かしい。
いまではお気に入りの靴まであるのだ。

いつのまにか階段も登れるようになり、
危ないところでなければ手を離して歩けるようになったし
空いていればスーパーで一緒に買い物もできる。
食べたいものをなんでもカゴに入れてくるので手間だが
並んでいるものがすべて自分のものではないのだと彼なりに理解しているらしい。

そういう商業施設の自動ドアが戸袋に入りきらないで余っているのも
いままで深く考えないで目の端にみていたが
小さいものたちが指を挟まないためだと気づいて立ち止まったりする。

2023.7.24

黒パンと豆乳の朝ごはんを食べながら
「もも、ないのー?」と聞いてくる子の表情とイントネーションが
あまりに母親にそっくりで笑ってしまった。
(君のお母さんは妊娠中、とても沢山の桃を食べた)

最近また少し二語文が増えた気がする。
主語はほとんどママか桃で、この二つが好きすぎて混ざっていることもある。
母の部屋と台所を行き来しながらマもー、マもーと叫んでいたりする。

桃といえば、暖色系で形の似たもの(りんごとかトマト、たまにハートの絵)は
すべて等しく桃と呼ばれて、みな同じくらい familiar である。
見つけると、声に出さずにはいられなくて、親が気づいてくれるまで続ける。
わたしのすぐ気づけるような大きさであればいいが
自販機にいたずらで貼ってあるような小さなシールの桃まで指差すものだから
どこにあるのか分からなくて適当にごまかすと不機嫌になって声が大きくなる。
どうしてわかんないかなぁ、あそこだよ、ほら、あそこ! ねぇ、あれ! あれ!

という感じで。おそらく子供にとって私はあまり明晰ではなく、どちらかといえば頭の回らない、気の利かない人物なんだろうと思う。

色の感覚も、桃みたいにまだかなり曖昧で、着色されたものを見つけるとピンクでも紫でも「あお！」と言いながら嬉しそうにしている。自然物をみて青と呼ぶことはあまりない。
自分のことを指しながら青、青だよと言っていたこともあるので彼なりに思うところはあるのだろうが、あまり明晰でない父親にはうまく摑めない。

2023.7.28

夏の生酒を飲もうということになって、
お世話になっている美術家の吉永ジェンダーさんを家に呼んで昼間から飲んでいた。

テレビに海外のアニメーションを映しながらだったから、
欧米とアジア圏で顔のデフォルメがどう違っているかの話になり、
ヒトの表情、特に鼻先を漫画表現することの難しさを聞かせてもらった。

その鼻の話から流れて、
どうして西洋人だけ、わざわざ平面のなかに(つまり彫刻の伝統が絶えずあるのに)
奥行きとか立体を表そうとしたのだろうか、とこの辺りからすこし酒もまわって、
立体のあることの認識は、アラブにも東洋にもヒトをかたどった立体造形があり
はやくから人類共通にあったことは明らかだがそれを平面で果たそうとしたことは
中世の西洋までなく、それがどうしてか僕にはまだ分からない、とジェンダーさん。

それくらいでテレビがアンパンマンに変わり、
主人公ということになっているが、

他の誰もそうでないのに彼だけ自分の頭を捧げる宿命にあり、
日課としているらしいパトロールということの性質からも村落共同体のなかで
誰とも対等な関係性を持てるように思われない、
バイキンマンがいつも新しい道具をつくり、遠くからの移動も厭わず
何かしらを得ようとするのに比べて
主人公はいつも現状の維持だけしていて何かあらかじめ手を打つでもなく保守的で
頭部を挿げ替えることの一点で死ぬことの回避を続けている、
作者に戦争経験があるというだけでは摑めない不気味さの話になり、
極言するならタナトス、ということになった。

2023.7.30

夜、散歩に行くつもりで靴を履かせようとしたら、私たちの靴を指して「パパの」「ママの」と言い出した。
所有代名詞を言えるようになって得意そうにしていた。
三語にはまだならなくて、「パパ＋の＋（靴を指差す）」である。

このところの進歩のもう一つは、「どじょー」と「めっ」で、
母親が「そのオモチャちょーだい」とお願いすると「どじょー（どうぞ）」。
執着のないモノに対してはすぐ「どじょー」だが、嫌だと抱えたままそっぽを向く。
都合の悪いことは聞こえなかったふりをするようにもなって健気だ。

「めっ」はきっと保育園で覚えてきたのだろうが
何か気に入らないことを親が強行しようとしたときに宣言される。
父親と二人になる風呂場では気が大きくなるらしくて、私がよく叱られている。
勝手に石鹸をつけたとか、勝手にお湯で流したようなとき。
その日ごとに思いえがく手順があるようで、一任してあげたいところだが
夜はそうこうしているうちに眠くなってきたりしてぐずりだすので難しい。

えいやっとシャワーをかけるたび叱られているが、どうしたものか。

「どじょー」も「めっ」も彼なりの許可／不許可というか
ペアになっているように思えて、それが同じくらいに出てきたのはおもしろい。
あやしいが「ありがとー」も少し言えるようになってきた気がする。

彼自身から出てくる言葉はまだ数えられるほどなのに
それでも家のなかの用事は済むくらいにコミュニケーションが取れている。
この靴下をパパの部屋に置いてきて、とかお願いするとその通りにやってくれるが
彼自身も発する単語はこのうち「パパ」くらいである。
それでも意思が通じるとき、慣れない外国語を話しているときとも違っていて
どことなく奇妙である。すこしだけ怖い感じもする。

2023.8.3

小さい折り畳み自転車を買って、二台体制にした。

こうも暑いと外を歩ける感じではなくて、でも家にいると退屈してしまうので外出しなくてはいけない。これまで移動はタクシーか電動自転車の二択だった。ただタクシーをそう頻繁に呼ぶわけにもいかないし、電動自転車だと子と親の一人ずつしかいけないので、行った先で大変である。

そこで小さい自転車をもう一台買って、電動自転車を追いかける方式にしたところ気楽に出かけられるようになった。

ここのところの休日は、朝起きるとまず子供が腹を空かせているので食べさせて、すこし早い一一時の彼の昼食までに何をしようかと考えると、どうせ外に出るなら涼しいうちにと思って、八時とかそれくらいには簡単な服を着て出かけてしまってそのまま三人で喫茶店で朝を食べることが多い。
息子氏は朝ごはんを都合二回たべているが、親たちは見ないふりをしている。

帰ってくると一〇時を過ぎたくらいで、そのまま風呂場にいって汗を流して、ついでにしばらく水遊びをして、もう一人はその間に部屋の片付けなど済ませて体を拭いてごろごろしているうちに昼食を食べてもらって、プール上がりの眠気のやってくるころを見計らって寝かしつけている。ただ水遊びのあとは親も眠い。昼寝してくれたら親も寝て、このとき理想的には一番暑い時間帯が過ぎていればいいのだが大体それの少し前に起きてくるので、友人たちの家に遊びに出かけたり、誰かを呼んだりしている。家に呼べるような知人はほとんど妻の友人である。

結婚するまでは、家に友達を呼ぶと来た順に床に座って各自が持ってきた飲料と食料をつまんでいく形式しかなかったが、いま互いの手土産が重ならないように按配して持ってくる妻の友人たちをみると高度に社会的な人士という感じで勉強になる。

2023.8.5

夜、「のむ」といって台所までやってきて水を飲むと、走って母のもとに戻り
「のん、だ」と宣言した。初めての完了時制である。
それから台所にもう一度やってきたので、水をもう一回あげると、
トテトテ足を鳴らして戻り、また母に「だ」と自慢げに言った。

昨日まで、どこも区切られていない過去をもっていた彼である。
今日から、現在とそれ以前を分けるようになって、
近いうちに今日と昨日を分けるようになって
そのうち「去年の今ころ」とか、「そういえば昔」とか言うようになって
でもそれは今のところ遠い未来である。

子供の記憶の、まだまだ曖昧模糊としているのが、たまたま部屋が暗かったので
身に染みるようだった。

2023.8.13

みすず書房から編集者Mさんが来てくれて、一時間ほど打合せをする。中井先生の遺された大きな仕事の、最後の改訂をすこしだけ手伝っているが、Mさんはただ一冊の本の新版を作るというだけではない丁寧な進め方をする。

慎重になる理由の第一は、読者層の変化にあわせて判型を新しくするからで、それはつまり文字組みを初めからやり直すことであり、ページ数の増減が伴い、さらに増補部があるために、結局のところ索引を一から作り直すことになった。装丁画もルドンからパウラ・モーダーゾーン＝ベッカーに替わる。

ただ、それだけではないように思う。

Mさんにとって改版のための作業の一つひとつがTrauerarbeitであるのだろう。三〇年以上、私の生まれる前から中井先生の担当編集者だった人だ。何度も版を重ねた三〇年前の——つまり、もう何度となく目を通したはずの——原稿を再校、三校と何度も読みなおしている。こういうとき何を思うものだろうか。寡黙で、あまり語らないが。

ずっと年少の私に、用語法の直すべきところなど細かい相談をしてくださるけれど丁寧というのでは掬いきれないほどの微細な事項までかなり混ざっている。まだ仕事を、Mさんが中井先生と続けたいのを感じないではいられない。

先生が亡くなったのは去年だ。
それでもまだ男性をひとり落ちつかなくするような、そういう寂しさを、何かが失われた感覚をつよく与えていて、代理の、彼にとうてい及ばない若い人間を呼びだしてまで仕事に執着させている。

七八回目の終戦記念日だった。

2023.8.15

一歳半になったくらいから子の睡眠が深くなって夜中に起きなくなり、両親の体調もかなり安定するようになったので、食事を工夫できるようになった。

(子の睡眠が深くなったことの影響は絶大で、彼自身は今までと変わらず月に一回ほど風邪を引くのだが、それを親がもらうことはずっと減った。)


月木金は、だいたい子供が起きるかどうかくらいのところを私が出勤して、電車の中あるいは病院についてから朝食をとっている。

妻Tさんがパンとかシリアルとすこし果物を食べさせて、子を保育園に送って、それから朝食を(たぶん)とっている。

火水は送りが私の担当なので、同じようにご飯を食べさせて八時くらいに園到着、それから喫茶店で食事しながら資料を整理して、帰りにTさんの分を買っていく。


昼食は各自予定があるので好きにしている。


夕食は、月木金は作ってもらっていて、火水は自分が担当している。

好きだが、私は料理があまり上手ではない。

五月ころ、ブロッコリーの新芽と、青葱と、芹を細かく切ったのを盛り付けて、うどんと一緒にだしたら妻に「草うどん」と言われてしまった。
そのことを私が根に持っていて、ときどき蒸し返すと「「草うどん」とは言ってない、「葉っぱうどん」と言ったのだ」と言い張る。

平日はともかく土日が鬼門で、だいたい子連れで外に出かけて疲れ切っているので誘惑に勝てるかどうかのところ、抗えずに外食してしまうことが多い。
近所にある自然食の定食屋、今までTさんが門構えにピンときていなかったが一度入ってみたらとても美味しいことが判明して、以来すっかり常連になっている。

2023.8.17

助詞を使えるようになってきて、「の」とか「と」を試しているようだ。

難しいのは、たとえば「と」だと、
「ママと（行き）たい」のような、英語ならwithになるときと
「ママとパパ（は）ここ（に座って）」のようなandになるときがあり、
それで分からなくなって、途中から指差しに切り替えたりするときがある。

あるいは「の」だと、
「（これが）パパの（靴だ）」がはじめて「の」を使ったときで、
そこから「ママの（手）」、「ワンワンの（耳）」と進んでいって、
抽象的（モノとして接していない）関係を表す助詞であったのが
具体的（モノとして連続している）関係を表すように広がっていった。
なんとなく具体から抽象へ、となりそうなところ、そうならないらしい。

こういう助詞をふくむ機能語の扱いは大人でも分かりづらくて
特に外国語だと身につかないし文法書を読んでも理解しにくいものである。

挙句には文化の違いだとかいって神秘化されてしまうことも多いが
喋りだしたばかりの幼児が急ぐように身に着けていくのはなぜだろうか。
用件を伝えるだけなら、名詞や動詞を並べていれば済んでしまうのに。
言語の経済性というだけでは説明できないように思われる。

——重い精神疾患ではしばしば言語障害が現れて
何かモノをみて全然違う名前で呼んだり、文を終えられなくなったり
あるいは存在しない語彙まで作ってしまったりするけれども
不思議なもので統語的なレベルで破綻はほとんど起きない。
助詞みたいな、不規則で細かい規則の寄せ集めのように思われる事項の方が
そういう場合にはかえってrobustである。

それと無関係ではない気がするが、どうだろうか。

2023.8.21

結婚して横須賀に引っ越した友人に会ってきた。
すっかりお腹が大きくなって、予定日を聞いたら私の誕生日で、驚いた。
彼女にはベビーシッターをお願いしたりして色々と助けてもらった。
ストイックな長身の旦那さんと仲良さそうにしていて、幸せそうで良かった。

横須賀に行くのは五年ぶり、たしか猿島観光をしたときが最後だったはずだ。
海の近い街は何をしていても親近感が湧いてきて懐かしく感じる。
山肌が浜に乗り出すようで、それを押し留めるコンクリートの絨毯を眺めたりした。
暑かったので港の方までは行かなかったけれども
散歩していると「ときどき軍艦のなかとか、入れるんですよ」と彼女が言う。

旦那さんだけ渋谷に出かけてしまって、では昼食はどうしようと思案していると、
「ハンバーガー食べましょう」と言い出すので、出かけることにした。
さすが基地の町というか、あきらかにチェーンのハンバーガー屋で、
でも東京ではひとつも見ない店がいくつもあって、
そこにアメリカ人に独特の腰つきをした大きな女性たちが集まっていた。

ハンバーガーを私が二つと、彼女がひとつ食べる。
つわりは軽いそうで、心配もしてないがかえって現実感がないと言うので、
まぁ、そういうものかもしれない、というような曖昧な話。

祖母たちは数日ずつ来るだけというので、生後すぐの一ヶ月はとにかく大変で
はじめての赤ん坊と親二人というのはほとんど寝れないし苦行になってしまうから
遠くの親戚より近くの他人だから、とにかく何かあったら呼んでね、と伝える。

あと保育園はやはりありがたいもので、
フリーなら開業届はだしておくようにとか、そういうつまらない話もした。

2023.8.23

やさしい楽譜とトイ・ピアノの一緒になったのを買ってあげたら
とても気に入ってくれて、よく遊んでいる。ボタンを押すとお手本の演奏が鳴る。
「ミッキー・マウスのマーチ」とか「ハイ・ホー」に混ざって
「歓喜の歌」が収録されていて、分からないまま幼い声で子が歌っている。

横で小さな鍵盤を叩いてみると、メロディの重要な部分がわずかの音で、
ニ長調の最初の五つの音だけで構成されているのに気づく。
つまりド・レ・ミ・ファ・ソということだから、と思って
移して白鍵で弾きなおしてみると、ますます笑ってしまうほど質素である。
多少とも知っていたつもりの音楽が、弾いてみると違う顔を見せるのは楽しい。

正式の楽譜だったら第一主題の主旋律だけ抜き出すなんてないだろうし、
それが見開きに大きく印刷されるなんてこともないだろう。
でもそうでなければ弾いてみようともまさか思わなかったはずで
そういうことが時々でもあると月並みな言い方だけど世界の広がった感じがする。

そんなことを考えていたら子が近づいてきて
「アメージング・グレース」のページを引き裂いてどっかに行った。

ずんずん歩いていくその彼の進歩というと最近は、
慣用句化した二語文（「パパ・だっこ（パパ、抱っこしてくれ）」）に形容詞をつけて
擬似的な三語文をつくっている。「やだ」をつけて、「〈パパ・だっこ〉やだ」とか。
モノを主語にした文章がなかなか現れないのは、日本語らしい感じがして良い。

夜、新しい一五・五㎝の靴が届いて、さっそく嬉しくて散歩にいきたがる。
もうお風呂に入る時間だったが、まったく譲らないのでしばらく外を歩かせる。
初代は春先だった。夏のあいだとにかく走り回って二代目を履きつぶして、
秋の気配を感じる頃に三代目である。

2023.8.27

急に雨が冷たくなって、先週まで日傘をさしていたのが嘘のようだ。

子供が走り回るようになったのが春先で、それからすぐ気の早い夏になって、
土日はそれ以来、直射日光の当たらない、子連れで行けるところを渡り歩きながら
食後のお昼寝どきには家に戻れるようにする、という連立方程式の日々だった。
すっかり普通の休日を忘れた気がする。涼しくなって、これくらいの気温だったら
明日は公園で過ごせるかもしれない。気を抜くとまた暑くなるだろうか。

ここまで書いて、去年はどうだっただろうと思い返すと、ほとんど覚えていない。
寝る前に開ける窓の風が、ふと冷たくなったのに気づくのが毎年たのしみで、
でもそれの記憶もない。一歳になるくらいで保育園に通い始めたから、秋のころ。

きのう着ていたものが今日もう小さいことはなくなったが
去年きていたものは今年もう着れないのを、衣装棚から長袖をだしてきて気付く。
○歳児（ヘンな言葉だ）のときに巻いていた肌着は今度の冬にも必要だろうか。
彼はまだ寒いところを本当には知らず、

保育園は慎重にエアコンで管理されているし、親も薄着はさせないので、
この調子だと寒さよりも先に雪を覚えるかもしれない。

この数年のうちに夏が長くなり秋が短くなっている。
夏の後、まだ秋にもならない中間的な時季がしばらくあったような気がするけれど、
そういえば母親が、むかしは夕立というものがあったけど無くなったわねと、
私が小学生の頃だろうか、言っていたのを思い出す。それまで詩語だと思っていた。
秋も近いうちに詩語になるのかもしれない。その頃には冬が長い春。
そうなるのであれば嬉しいけれども。

2023.9.8

子供が英語を理解していることを知って驚いた。

僕も妻Tさんも小さいころ海外でしばらく暮らしていたことがあって、
現地の言葉をその頃はしゃべっていたから、
子供にすこしは日本語以外の言葉も触れさせようとは思っていて、
そうは言っても英語の絵本とか音のでる玩具をあげて
ときどき自分たちの勉強も兼ねてBBCの放送をみたりとか、
それくらいのことをしているだけだったが、きょう朝ご飯を食べているとき
dogという音に反応して「わんわん！」と言いだして、
ためしに「cat は」と聞くとうれしそうに「にゃんにゃん！」と答えた。
驚いて、それから彼の好きな救急車とか果物とか色の名前をきいてみると
ほとんど分かっているような様子で、親二人はしばらく絶句していた。

覚えることでいうと、
きのうはラコステの九〇周年記念だとかで、行った先で偶然イベントをやっていて、
タムラサトルさんのつくった回るワニが大量に並んでいるのを親が面白がって

「ぐるぐるだね」「ワニがぐるぐる回るね」などと言っていたら
ワニのことを「ぐるぐる」と覚えてしまったようで、
きょう絵本を読んでいたらワニの絵をさして
「ぐるぐる！」「ぐるぐる！」と呼んでいて、いじらしいような、申し訳ないような。

ワニは普通まわらないが、
一生でみるだろうワニよりもたくさんのワニがきのうは回っていたのだから
ワニがぐるぐるでもまぁいいか、という気分。

ワニが百花斉放まわっている光景は「縁起の良さ」そのもので、
そういう感覚は古風だけれど、美術家にしか新しく作れないものだと思った。

2023.9.10

Tさんがリビングで陽気に踊っていて、
目があったとき「ちがう、私はヘンじゃない」と言うので
「変とか言われて喜ぶやつは凡庸だって信じてたって最果タヒが書いてたよ」
と答えたら、「ちょっと、それってどっちなのよ」と返されて、
たしかに、どっちなんだろうと思った。

閑話休題。
最果タヒの文章を読むたびに覚悟がきまってるなという印象を受けとる。
『コンプレックス・プリズム』みたいに中高時代を書いたものに特につよく感じる。
同世代の人という感じがしない、星新一が古いとか新しいとかじゃないみたいに。
内心だけを書いていて、それ以外を書かないことにストイックだからだと思う。
まだ何でもないとき中学生の自分には天才と呼ばれることが必要だったとか、
そう書けるものじゃない。才能を感じると思ってもらえるかどうかだった、とか。
それでいて言葉がまだ少なくて幼くて、短い言葉ばかり研いで過ごしていた、とか。

すこし関連して、いま読んでいた本にたまたま書いてあったこと。

アイディアズ《思い描くこと》を伝えるためには、まずそれまで経験したことの総目録をつくることが絶対必要であるが、この総目録を作るとき私たちの経験はすべて強烈な圧縮を被り、一般化される。言語の構成子ないし〈経験の荷札となる記号たち〉は、一回だけの経験とは結びつかず、ここからここまでと区切られた経験の群の全体にしか結びつかない。しかしこれによってコミュニケーションが可能になっている。一回限りの経験は個人意識のうちに宿を借りているもので、厳密に言えば、伝達不可能である。

（エドワード・サピア『言語』）

若いときのことを書いた彼女の文章は、これに気づく日々に捧げられているようで、それはまだ自分には到底できないことなので、それで「かなわないな」と感じる。

2023.9.12

子供と明日はじめて帰省する。

講談社の編集者Kさんがたまたま同郷で、はじめて海に連れていくという話をしたら、小さい子供には、海は怖ろしいもので、それを覚えている、「あの音とか波とか。」と言い出して、一体何があったんだろうと思った。


たしかに柏崎の海は明るいわけではなく、海水も青というより緑だし、海水浴場は防砂林の奥にあって天気も悪いので灰色だった。

風もつよくて防砂林で自殺があったりする。同級生の女子が第一発見者だった。

潮の流れで、海外の注射器とか、そういうものが浜辺に打ちあがっていた。

学校の裏がすぐ海だったが、遊びに行くようなところではなかったと思う。

そうは言っても、とにかく海の街だし（市のマークは沈む夕陽とコウモリである）
はじめての里帰りだから浜辺を見せなくてはいけないのではないか、気分の上で。
そこに彼がアイデンティティとかルーツを感じる必要はないにしても
父親がそういうところで過ごしたことは、知っていてほしいような気持ちがある。
というか、それ以外には何もない街だし、二泊三日の帰省で行くところもない。

夏の花火くらいは、いつかもう少し大きくなったら見せてあげたい。
あとは原発か…。ただそれはもっと後のことだろう。それまでに事故がなければ。
半世紀前に建てられた、すでに何度も壊れて修理を繰り返している発電所だが、
送電を受けている東京の人は、事故は起きてもまぁ、というくらいに考えている。

ここのところ彼は便が緩くて、牛乳のせいだろうかと豆乳に変えたりしても
あまり改善なく、ただ本人はすこぶる元気なのでそのまま保育園に行っている。
新幹線に乗っている間に何もないことを祈っている。
長岡で降りて、たぶんそこで昼食をとって、そこから祖母の車で柏崎に向かう予定。

2023.9.15

帰省して、また帰ってきた。

もともと人の多いところではなかったが、見るたび空き地が少しずつ増えていく。
その分だけ、築一〇年くらいの、建売の新しい戸建てが目につく。

いま空き地と、この新しい住宅たちの占めているのを合わせた土地部分が、
私の小さかった頃には、それぞれの奥行きと貫禄というかアウラを備えていた、
あえて言えばお屋敷というような建物だったのを思い出す。
別に、伝統ある街並みだとか、そういうのでは全くなかったけれど、他人様の家々は
どれもそれぞれの秩序とか規律みたいなものを内側に抱えこんでいるようで
それに近づくことは、まして立ち入ることは怖かったし、得体が知れなかった。

もう無くなった。そういう古い家ほど二度の地震で崩れてしまったからだ。
一軒だけ、倒れたままの石垣がまだ放置されている家にはツタが這っていた。
それ以外は空き地かグレーの邸宅である。

空き地の物理的でない空白感を、そこに住みつづけている母に言えないのは、映画館のなくなった町で上映会を続ける彼女のようなひとに悪いからというより数年に一度だけ帰ってタイムラプスのように勝手に寂しがる罪悪感のせいである。人口の多いところに育った妻にその寂しさを言葉では伝えられるけれども、田舎の古い無名の建築物の担っていたものまで想像するのは難しいだろうと思う。ちょうど自分が、都会での幼少期について共感的でいられないように。

ただそれでも子供と海にいけたのはよかった。

僕の記憶にある浜辺よりもずっときれいだった。

2023.9.19

宅急便で、みすず書房から『心的外傷と回復』の新しい版が届く。
装丁をこれまでのピンク色から淡い若草色に、
セリフ体だった原題表記もサンセリフの新しいフォントで組んでもらった。
手にもって眺めた感じでは、うまくいっているように思う。
これでこの本がまた三〇年読まれるようになればいい。
あわせて、岩波書店から解説文の依頼が届く。

息子は紙オムツを外して、布パンツをはく練習をしている。
保育園ではうまくいっているらしいが家ではまだ失敗してしまう。
一緒に働く心理士にはトイレット・トレーニングを重視する人が多くて、
たしかに自己主張のあらわれた時期の親子関係には独特の緊張感があるけれども、
排泄の練習自体は、やってみればそれほど特別のこととは思われない。
やはり生来的に、自分はフロイト派ではないのだなと感じる。
スプーンの使い方とか、色の名前を覚えるとか、これまでに教えてきたものは
目の前にあるものを対象にしていてそこで完結するものばかりだったけれど

トイレに関しては、感覚をまえもって認識することがまず必要で、
しかもそれを周りに伝達することまで求めるので、これまでよりも要求が高い。
オムツの方が親は（お金はともかくとして手間が減って）楽、というのもあり、
でもいつかはできるようになるものだから、と自分たちに言い聞かせている。

三人で入った喫茶店にOasisのStand By Meが流れていて、
ちゃんとご飯は食べてるのと訊いてくる老親と日曜朝の嘔気の歌だが、
高校生のときと違っていま聴くと胸に迫ってくるものがある。

2023.9.25

「一行目は、会話文から始めましょう。」

読書感想文を書くときのコツとして言われた言葉だが、
小学生だった私はなんて安直なアドバイスだと思って、
そんなこと学校の先生が言うべきじゃないと本能的に感じて
抵抗心というか忌避感というか、それでほとんど文字通りに耳を疑ったのだが
それでも当時はまだ素直だったので言われたとおりに書き直してみると
なるほど先生の言うように読み手を引きつける文章になった気がした。
文章表現というものをはじめて意識した日である。

金原ひとみと綿谷りさが芥川賞をとったころの話だったはずである。
小説家に後光がさしていた最後の時代だったと思う。
はじめて文藝春秋を買ってきて読んでみたがよく分からなかった。
ただ『蛇とピアス』はたしかに会話文で始まっていた。

『蹴りたい背中』は、蹴りたいから何なんだとだけ思ってしばらく忘れていたが、

高校生になったころ模試の課題文として思いがけず再読することになって、
そのときには全然印象が違っていた。風の通るような文章だった。
戦時中の風俗小説とか、子供時代を思いだして母の面影がどうとかみたいな
受験生のときにたくさん読まされた他の小説とは全然違っていた。

子供は、好きなものは嬉しそうに、嫌いなものは眉をひそめて言うようになって
あと都合悪いことはしっかり顔を背けて無視するようになったし、
そういうところに表現に対する自然な工夫というか偏りが見えるようになってきて
親二人にとってそれはもう日常だったり仕事の一部であるので
それで昔のことを思い出したり振り返ったりしてしまう。

昨日は（尊大にも）夜半一時間の抱っこを要求されたので父は眠い。

2023.9.29

語彙の増えたような感じは特段ないけれど、言葉に対人性のようなものがでてきて「おいしー」と「おいしーねー」を彼が使い分けるようになったり、誰もいない部屋で布団にくるまってるのを見つけて、なにしてたのと訊くと「ここでねんねして、まってた」と言い出して親を笑わせたりしている。

なにか話しかけると「やだ」ととりあえず断ってみるのも最近の流行で、そうした方がきっとレスポンスが色々あって楽しいからだろうが、たしかに親はそれで頭を悩まして、順番を変えて言ってみたり（朝三暮四）「アイス（実際は小カップのヨーグルト）」で釣ってみたりしている。物覚えが良くなって、お出かけ先で約束したことを帰宅してもまだ覚えている。記憶することの範囲が広くなってくると、それだけ対人関係も息が長くなって、それで駆け引きが細かくなっている。もう世界が初顔合わせの連続ではない。

昨日は友人宅に呼ばれて、カレーを持ちよって皆で食べた。

聞くと、二歳前の子を連れてヨーロッパに二週間とか出かけた家族もあるらしく飛行機のなかを子供とどう過ごすか、一二時間泣き続ける姿を想像してしまって二の足を踏んでいる私と違って、豪胆だなと思う。
ただ自分も、とうに記憶はないわけだが、
それくらいの年齢から親に飛行機には乗せられていたはずで、
やってみれば案外なんとかなるという、世の摂理に従うものなんだろうか（子は）。

妻Tさんは大阪に出張で、一週間不在。春先にもロンドンに五日間の出張があった。
子供がいると分かっている労働者にそういう指示を出すような大企業が一方で
不妊治療とか卵子凍結に助成金を出してワークライフバランスを謳っているのは、
よくいってもグロテスクだと思う。

2023.10.2

こわーい、と言うようになった。はじめは恐竜、最近はお化けの絵にも言っている。眉をひそめて遠ざけようとするから、ことばだけでなくて感情価もあるのだろう。かわいい、と音が似ていて時々わからなくなっているのはご愛敬。

恐竜もお化けも実際には見たことないはずで、それを怖いとか嫌だとかいって忌避しはじめたのは何故だろう。あまり家でそういう話はしないし、テレビでも子供向け番組には怖がらせるような演出はほとんどない。

それの本体がかなり大きくて怖ろしいことを、イラストレーションとかぬいぐるみの類だけから計りとれるものだろうか。THOUGHT OR REFERENCE という蠱惑的な、分かったような分からないような、意味論の古い教科書にあった三角形の頂点を思ったりする。「こわーい」のが、実在しないモノばかりであるのも不思議だ。

〈叩いたら痛かった〉とかの実際の体験ではなくて、性器をいじっていたら〈親がわずかに取りみだした〉みたいな体験から情動がうすく伝染するようにして子供のなかに不安の原形がつくられていくのを、サリヴァンは primary genital phobia（「第一次性器恐怖」？）と呼んでいたけど、「恐竜こわーい」は、あえて言えばそういうのに似ている気がする。

何事も自分で体験してみなければ分からない、というのも一見すると良さそうだが厳しい自然環境のなかでは（少なくとも危険情報については）年長者の感情をとりあえずトレースしておく方が子孫をのこす率は高そうである。

そういうわけで恐竜に遭遇してもうちの子は早めに逃げ出すだろう。

2023.10.6

涼しくなって二一時までに寝てくれるようになったので、寝かしつけてからもう一仕事やりたい感じだが、メールとか書類の整理とか、でも彼が寝てくれるとは言っても私は二〇分も真暗な部屋にいた後なので自分の部屋に戻ってもあまり作業をやるような頭にならない。今後の課題。眠いこともないが、本が読めるかというとそうでもない。

子の近頃のお気に入りはアンパンマンが並んだ絵本（ウォーリーを探せ的な）、たまに大人も気づかないような細かい造形を見てとったりしている。目と足しか出ていない変装した極小のバイキンマンとか。言葉が少ないから気付かないだけで彼らの認知しているものはとても多い。

子は動物やキャラクターを見分けられていても描き分けられないし単語を聞き分けていても自分で発音できるのはごく一部である。小学生くらいまでは、読書感想文などみても概して寡言であるみたいだ。大人は逆だろうか。饒舌になるけど「ぜんぶ同じに見える」とかあるし。二四、五歳くらいで上下が入れ替わるように思う。

……自分の身に跳ね返ってくることだが、

「よくそんなに書くことがあるね」と言われることもあり、たしかに、考えていることをそのまま書けるようになった、とバシッと意識した瞬間があった。祖師ヶ谷大蔵に住んでいたころ、環状八号線沿いにあった喫茶室の帰りだった。

そのときは翻訳の大きな仕事が終わった直後で、いま思うと、語彙が短期間にわずかばかり増えて、年で痩せていく思惟がその瞬間に追い抜かれたのかもしれない。ペシミスティックだけど。

でも、誰にも知られず倒れた木は果たして倒れたと言えるのか、という話もあるし。

2023.10.10

治療していてずっと良くならなかった患者さんが
すこし環境を変えたらすっかり回復して、自分のことのように嬉しい。

良くなっても悪くなっても泰然としているのが名医といわれるけれど
少なくとも私は良くなってくれれば嬉しいし、悪くなれば申し訳ない気持ちになる。
研修医を終えてからずっと、病院に精神科医は自分一人という場で仕事をしてきて
ずっと上司とか同僚のいない環境にいたから、もしかしたら「職業規範」とか
その種のものが自分には欠けているのかもしれないと時々思う。
集合的な癖とか所作みたいなものは、ダーウィンフィンチの嘴みたいに
長い目でみれば合理的なんだろうけれど、交配の難しいところで生きてしまった。

大学生活が肌に合わなかったので、反動もあったのか研修医の二年間は幸福だった。
はじめての上司I先生は小柄な、なぜか仏文科を出た人で、とても気が合った。
その二年間は、自分は水のなかを泳いでいる魚みたいだったと思う。
同期とは離れてしまったけれど、時々いまでも原稿を読んでもらったりしている。

暗い部屋で子供を寝かしつけてから書斎に戻ってくると、眩しいなーと思う。
六年間だったか、ウィーンの哲学者が小学校の先生をやって、
そのあとに思想を大きく変えたのも分かる気がする。
いろんな眩しさが混ざっている。音を出さないように一人で楽譜を眺めたりする。

工藤順さんに先日会って、パートナーが韓国に長い留学に行ってしまうとのことで、
自分も韓国語を勉強して寂しさを紛らわしていると言っていた。
光州には中央アジアからの移民が多くて、彼らはキリル文字で韓国語を学ぶらしい。
日暮里で飲んでそれから二人で鶯谷まで歩いて帰った。そういうのも眩しさだった。

2023.10.16

パズルに保育園で没頭していると聞いたので、家にも一台買ってあげたところ初見で完成させてしまって、もっと難しいのを用意すればよかったと反省する。子をみくびっていた。

二歳の誕生日が近づいている。去年は離乳食の終わったばかりだったからパンケーキにヨーグルトを塗って苺を挟んだのをTさんが作って、皆で食べた。いま今年はどうしようかと思案している。たぶん子本人に聞けば「ぶどー！」「かき！」「ぱん！」と好きなものを列挙するだろうが、そしてそれは手間も掛からないし良いことだが、違うものを食べさせて反応を見たいところだ。毎日の食事はなるべく一人で食べてくれて床と手が汚れないものを探すのにこういうときだけ親の趣味に付き合わせている。まぁこの位は、と勘弁してほしい。両親の意に沿ったり反発するうちに本人の趣味もできてくるだろうし、とか。

私は柿を剝くのが好きなので、秋になって沢山あげていたら子の好物に加わった。親の好きなものは変遷を経ながら子の嗜好を決めていくと思う。結婚するまで私は、どこの家でも食後にはデザートがあるものだと信じていた。

自分を特に甘党だとは思っていなかった。でも食後に煎餅の出てくる家もあるのだ。そういえば先日帰省したとき、果物に大量のバニラ・アイスを載せたのが出てきて、「さすがに」と思ったが、私が中性化された結果か、あるいは母の先鋭化だろうか。

そして子には大食漢の予兆があって、少し前までは少食のＯＬくらいだったが、最近はもう普通のＯＬくらい食べている。

でも「最後だよ」と言ってから渡せばそれ以上を泣いてねだることはなくなった。保育園では、早く食べ終わって他の子のお膳をじっと見ていたりするらしいが、飢えてはいないはずである。「がわんがわん」といってご飯を要求するのを、いつまで彼がやるか、中学生になって夕食を二度三度食べるようになったら自分もそうだったのを思いだして寛容に接したいところである。

2023.10.20

Tさんの先輩が退職されるということで、贈り物を買いに電車ですこし出かける。
外だとかなり歩いてくれるのが最近だったが今日に限ってはずっと抱っこだった。
親と三人でいると、まず母親にばかり抱っこを求めるのでどうしたものかと思う。
意にそぐわないと暴れて嫌がるので危なくて（抱っこが）移動の用をなさない。
私と彼で二人のときは、甘んじて抱っこされているのだが。
「ぱぱとまま、めーっ！（パパとママだけでお話しするのはだめ！）」もある。
総じて、母親を独り占めしたい年頃。

母を独占したい気持ちと、
あとは父母が二人で喋るときと子に話しかけるときでは声の調子が違うので、
それと単語も違うだろうし、慣れていない言語への拒否感もあるかもしれない。
時々フランス語で話しかけると多少は分かるみたいで、それで却って嫌そうにする。
まったく未知のものよりも小さい違和感くらいの方が気に触るものである。

帰ってきて昼寝をして、オムツを替えたりして、夕食の買い物をして、
花屋によってユーフォルビアとシマカンギクの苗をもらってきて玄関に植えた。

夏の暑さで玄関にあった花たちが枯れてしまってしばらく寂しい眺めだったがこれでかなり良くなった。

夕食のあとに新しい大きなジグソー・パズルが届いて、二〇ピースくらいあるのを子供がさくさく進めていくのを親二人でまた驚きながらしばらく見ていた。どうやらパズルが好きらしいとは保育園の先生たちから噂に聞いていたが、ここまで別人のような真剣な顔をしてピースの角をあちこちに合わせているのは新鮮というか、今まで有り合わせの玩具ばかりで悪かったような気にさえなる。

それから風呂に入って、子をきれいにしてTさんに渡して拭いてもらって、それから自分の体を洗ったりしているうちに彼はもう寝てしまったみたいで、音を出さないように部屋に戻ってシーツにまた名札を縫い付けるのをやった。

2023.10.22

朝、母親のTシャツに印刷されていたアルファベット二文字を彼が指差して、
「ごー！」と言った。
はじめて文字を読んだ日である。縁起のいい言葉でよかった。

朝食を食べて、もうすぐ閉まってしまう近所の喫茶店に三人で行き、移転先で使ってくださいと渡されたサービス券に私の名前が書いてあったので名前を覚えられるほど通ってしまったのが恥ずかしいと言ったら、Tさんに、でも保育園に送ったあと息抜きのできる良い場所がなくなるのだから、大きくいえば私たちはいま生き方を変えなければいけないのだと諭されて、思い直して、たしかに、恥ずかしがっている場合じゃないなと思った。

勤務がない火水の、保育園に送ったあとにほぼ毎日いっていたので、あと土日もよく寄っていたから、たぶん一年で百回とか、それくらい珈琲を飲んだと思う。

それから公園にいって植物をみて、帰ってきて新しいパズルで遊んで、しばし昼寝休憩を挟み、めずらしく長く寝てくれたので親も元気になり、

喫茶店の閉店にともなって（たぶん）なくなる二階の花屋にもう一度でかけて、手ごろな植木をそこで買って思い出にして、そのまま夕食の買い物をして夜は少し早めに、ソーセージとザワークラウトを煮たのを食べた。白ワインも少し飲んだ。

夜は、もうすぐ彼の誕生日なのでTさんと当日の食事の分担などを決めた。オムライスを作ることになって、今はもっぱらアンパンマンが好きなのでケチャップで顔を描いてあげようと僕が提案したら、描出力に難ありとのことでトマトとかハム、海苔などで顔を作ることになった。これはTさんが担当。わたしは桃のアイスを、前日から作ることになった。

去年はパンケーキにヨーグルトを塗って苺を乗せたケーキだった。

2023.10.30

きのう酉島伝法さんから手紙が届いた。
半年くらい前に私から酉島さんに持ちかけた共同作業の提案があって、ただそれが私の見込み違いで流れてしまったので、詫び状を先月送ったのだが、それへの返信。とても丁寧に書いていただいて、すっかり恐縮する。
あたらしい文庫が出たので、と一緒に『金星の蟲』まで送っていただいた。ページを捲ってみて、いつ読んでも夢に出てきそうで怖いなと思う。

今日は息子氏の二歳の誕生日なので朝からアイスクリームを準備して、しかしあまりに手間のかかる代物なので、昔の人は一体どうやって作っていたのか、使用人のいる家でなければ無理じゃないかと考えながら三〇分おきの攪拌冷却とその合間に買い物をして、再来週の研究会のための原稿を用意していた。

子は、本当は昨日おたふくとインフルエンザの予防接種を受けるはずだったのだが小児科に行ったら肺の音が悪い、風邪の引きはじめだから延期しますと言われて、ただし熱もなくきわめて元気なのでホクナリンを背中に貼って登園している。

彼の生まれた日の写真を見返していて、生まれたとき本当に赤かったんだなと思う。赤くて、生きている臓器がまだ何にも覆われないで息しているようだったけれどいま彼はずっとたくさんのものに包まれていて福々しているので、ほっとする。はじめて彼を抱えたときは、いつか落としてしまうんじゃないかとただ心配で、何枚も毛布とか薄い布を重ねた向こうで彼はあまりに柔らかかったから、でも二年たって膝とか肘も骨を触れるようになって、嫌なら嫌と言うようにもなったし、気に入らなければ走って逃げるし、ひとまず安心している。

これから保育園に迎えに行って、ささやかな誕生日会をして、寝てまた明日。

2023.11.1

火が点いたように、この数日で日本語を縷々完成させていく。

「パパが、ママに、よむ（パパがママに絵本を読んであげてくれ）」とか、主語とか目的語をあらわす助詞をこの数日で学び、ただしく運用できるようになり「とんとんしたから、パズル（頭をとんとんしたのだから一緒にパズルをしろ）」と理由文（説得的かどうかともかく、少なくとも文法上は）まで言い出した。

感心していたら、夕食の韓国料理のお店でパジョンを食べているとまた急に「パジョンマン」と叫んでポーズを取り、たぶんアンパンマンからの連想だろうがそういう意識的な造語をするのは初めてだったのでこれに一番驚いた。
帰りの道中、自転車に載せていたら機嫌よく歌いだし、お気に入りの童謡に例のパジョンマンを登場させて、生まれて初めての替え歌も披露してくれた。
確かにとても美味しいパジョンだったけれど言語野を拡げるほどだっただろうか、といってTさんと笑った。

とりとめのない記録になってしまうが、ただ本当にとりとめなく成長していく。

どうしてか、親以外の前ではこの数日間の変化を彼が外に見せることはなく、祖母が来てもすこし前より語彙が増えたくらいの印象しか与えないようだ。慣れていない新しい音たちはまだ彼の私的言語の延長にあるのだろう。それは恥ずかしさの感触にも、もしかしたら近いのかもしれない。

保育園の友達や、先生や親の名前を言えるようになってからも、自分の名前だけはしばらく頑なに発音しようとしなかった彼を思いだす。

2023.11.4

小さいころから繰り返し見ている夢が私にはいくつかあって、
そのうちの一つが「授業の始まる間際に、体操着を忘れたことに気付く夢」である。

これの出所はハッキリしていて、
小学校の三、四年生のときに体操着を忘れて、先生に叱られるのを恐れて
「運動をすると鼻血がでるから病院で体育はしばらく休むように言われた」と
私は嘘をついた。（鼻血をよく出していたのと、耳鼻科に通っていたのは事実）
それでその時は無事にやり過ごせたが、夜、母のところに確認の電話が入り、
私の幼い嘘がばれて、それで翌日かえって厳しく先生に叱られたのだった。

特に面白いこともないエピソードだが、どうしてか頭にこびりついているようで
一〇年経っても二〇年経っても、二、三月に一度は体操着を忘れる夢をみる。

昨日、はじめて「子供が体操着を忘れる夢」をみた。
息子はもう小学生で、これから体育の授業があるのに体操着を忘れている、
似た生地の半ズボンだったら大丈夫だろうか、などと考えを巡らせている夢。

親の心性が子に投影されるのは世に言われるほど悪い事ばかりでもないと思うがそうは言っても、夢のなかほど意識から遠いところでもそれが起きるのかと思うとさすがに末恐ろしいような気持にもなってしまう。

昼、滝口悠生『ジミ・ヘンドリクス・エクスペリエンス』を買って読む。

それにつけても思い返せば思い返すほど、あまりに捉えどころのなく散漫な風景を、こうしてひと連なりの言葉と言おうか、意識と言おうか、関心の糸みたいなものが、ぐねぐねと曲がりながら、どれだけ嘘やでたらめが混じろうとも、ひとつの軌道を辿れるのだから、人間の想像力というのは、たいしたものと言うか、いい加減なものと言うか、しかしそのいい加減さの極まったところに…

2023.11.8

ドイツの繊維会社のための商用コピーをTさんが書いていて、キャンペーンの評判を聞いて重役が急ぎ視察に来ることになったとかで、それでコピーの英訳を今度は私が急いで用意することになった。

読書と涙とハンカチーフをむすびつけた、よく訓練されたコピーライターに独特なあの稠密な構成的文面であったが、短い商用文はその点で詩によく似ていると思う。翻訳をしていると、自分の詩的な——喚起するものの多い、抽象的な——語彙がほとんど中高生のころ聴いていた古い音楽にばかり由来していて、そこから自分がまるで成長していないことを妻に言われているようで反省しきりである。加えて、二〇年弱も自分が誤訳していた言葉まで発見してしまった。


「It's All Over Now, Baby Blue」という、一九六四年のフォーク・ソングがある。

You must leave, take what you need, you think will last
(もう行こう、いるものだけ持って、なくならないものを)と歌いはじめる。

窓から外を眺めると、銃をもち孤児が泣き、手ぶらの絵描き、船酔いの海夫がいる。

きのう街の浮浪者であったものが、今日はあなたの洋服を着ている。

そして歌の最後、strike another match, go start anew という歌詞をずっと私は、新しい「試合 match」を、つまり新世界に向かうことの呼びかけだと、思っていた。動詞 strike を、「(荒々しく)開始する」とかの意味だろうと推量して。ヒッピーの時代、崩壊と新生の時代意識の一片をそこに感じたりもしていた。

広告文の英訳にこの一節から転用しようとひらめいて、念のために辞書をひくと成句欄の最初に「strike a match マッチを擦る」とあるのを発見した。中学生以来、自分はずっと間違っていたのだ。match はマッチだった。

2023.11.9

元同僚のKさんが、息子の誕生日にと花を届けてくださった。

迎えるために置いてあった花もオレンジ色で、頂いたブーケも秋の色だったので部屋のなかは急に涼風の候、という感じ。


息子氏は覚えたての言葉で、「きれいで、びっくりした」と。

Tさん「きれいでびっくりなんて、そのために生まれてきたようなもんだね」と。

印象的な会話。


Kさんと、四歳の娘さんと、うちの三人でクッキーを焼いたりして午後を過ごす。

もうすぐ二人目が生まれるとのこと。大人二人に子二人は大変、という話。


四時すぎに娘さんが眠くなって、駅まで送り、そのまま夕食の買い物。

テレビで、フィギュアスケートの選手だったカナダ人の女性が、七〇歳を超えてもう一度リンクに立つ姿を映した番組をやっている。

「若い子たちに、大人が競技を楽しむところを見てもらいたいから」と語る。

私は、大きくなって運動をやめてしまったことを後悔している人間なので
すこし考え込んでしまう。高校までは学年の上がるほど身体も強くなり、
多少の技術よりスポーツは体である。きっと練習の意味を知るようになるのは、
その年代を過ぎてからだろうが、大学の運動部になじめなくて辞めてしまった。

一つ学年が下で、中学校まで同じチームで練習していた阿部大治はその頃、
高校日本一になり、日本代表になり、そのあと総合格闘技に転身して渡米した。
一字違いの名前のせいでよく兄弟に間違われたりもしたことが、そうなると、
長くやっていたスポーツをやめて、進学しながら勉強にも熱心でなく
古い海外の本ばかり読んでいた自分には、まぶしく、信じがたいことだった。

2023.11.11

朝、電車のなかで『ジミ・ヘンドリクス・エクスペリエンス』を読み終える。

最後のところ、長い回想が終わるときに語り手の娘が二歳であると明かされて、うちの子も今そうなので、印象的な偶然である。

長いものをあまり読まない割に私にはそういう偶然が時々あって、『伊豆の踊子』をはじめて読んだときにも作中主人公と自分が同い年であったし、ドイツに留学にいくことが決まった直後にたまたま手にとった『車輪の下』も、読むとその留学先の街チュービンゲンが舞台で、それで胸が躍ったのを覚えている。きわめつけというか、『A子さんの恋人』は最終巻の出たときほぼ同時に私も結婚することになり、A君のことは、あのプロポーズの場面、諸々の趣味とかどうも他人と思えないところがある。

——それで、その二歳の子は、この一週間ほどは動詞活用をよく間違えるようになり、「パパ、こっちきないでー」とか言っている。（「来《き》＋てー」と「ない」の合成）今までは考えるまでもなく誤用ばかりであったのを、親がアレッと気づく位には正しく運用できるようになってきた、ということだろう。

さてそれは良いとして、ただ「き」と「ない」をなぜ繋げてはいけないのか、父親にはよく分からない。たしかに「きないでー」は多少発音しにくいけれどでも発音しにくい語なんて他にいくらでもあるではないか。啜《すす》る、とか。

（will not の短縮形が won't になりますと教わったときにも同じことを思った。）

理由を求める、ということを彼がまだしないのでまだ親たちは安穏としているがきっと近いうちに怒濤のような説明要求のやってくる気配を感じている。

2023.11.16

昨日は、三鷹にある書店UNITÉさんで最相葉月さんと対談する会があったのだが
Tさんが急な体調不良、私が二歳の子を抱えて会場に向かうほかなく、子連れ登壇。

直前のことだったので、開場の数時間前に編集者のMさんにメールして、
対談が始まって最初のうちは子を預かってもらっていたが（案の定）外から
火の玉のような泣き声が聞こえて、会場内まで響きわたり
最相さんが「大丈夫ですから、抱っこしながらでもいいですよ」と言ってくださり
それで外に子供を迎えに行って、抱きかかえて壇上に戻ると
会場の皆さまから温かい拍手をいただき、そして子供はすっかり笑顔になって
何を勘違いしたか彼も拍手していた。

それで膝のうえに二歳児をおきながら最相さんと対談を続けたのだが、
こんなことは本当に、書店特有の柔らかい雰囲気がなかったらできなかったと思う。

子が膝のうえだったので記憶が断片的だが、それでも一つ覚えているのは、
中井久夫が、医学出版社の歴史を書いてくださいと最相さんに呟いたという話。

いま「精神医学」ということで理科学の一分野ということになっているけれど、何を対象にしているかアイマイなpsychiatryは実際のところ人文学であって、そして人文学は何かと考えると最後のところでは注釈の学ということだから、注釈される対象になること、活字になって残ること自体が（内容とは独立して）正統性《オーソリティ》の感覚と結びつくもので、しかしこの権威というのはまたアイマイさを性質上とても好むのであるから、この二律背反をどうやって乗り越えていくかが、これからのpsychiatryの課題じゃないかというようなことを、こんな感じで全然まとまりなく喋ったのだが、このまとまりのなさは詰まるところ、子が膝の上にいるときと、公的な私の人格が不統合だからである。
そんな不安定な、意味のとりにくい応答を受け止めてくださった最相さんを前に、この器の大きさよ、と思った。

なにか恩返しをしなければと思うばかりであった。

2023.11.20

熱が昨日朝からあって、それで昨日はTさんに看病してもらったのだが
今日もてっきりそうなると予想していて、その場合は私が当番の曜日なので
枡野浩一さんとお茶する予定など泣く泣くキャンセルの連絡をしていたのだけれど
起こしてみると案外に元気で、測ってみたら平熱だったので、すこし躊躇しつつ
えいやっと保育園に連れて行った。
風邪をひいた幼児を一日みるのは愛とは関係なくとても大変なので
その点はラッキーと思いつつ、思いがけず一日分の空白感を
先延ばしにしていた書き物をいくらか進めることで埋めて、
それで追加の調べ物が出たので国会図書館に明日行くのを決めて準備したりした。

それから生まれて初めて人参のグラッセを作ってみようと考えついて、
生まれて初めてなのは私があの甘い煮汁を好きでないからだが、
その一環で、初めて野菜の面取りなる操作をした。
初めてのことはやってみるとやはり発見があるもので、ニンジンの芯の部分は
結晶質というか粒子の荒い透明の、水を含んだ発泡剤みたいで綺麗だなと思った。
（もう一つの、特に書いておくほどでもない方の発見は、この料理をするには

乱切りは適当ではなく、その理由の一つは面取りが大変だから、もう一つは火が均一に通らないから。)

子は、このところは寒くなってきたのに上着を着るのがとにかく嫌で、毎朝晩とあの手この手でなだめたり理由をつけて説得したりしているが結局は泣いていやがるのを無理やり着せていることのほうが多い。
家のなかでズボンを履きたくないくらいなら好きにすればいいが、流石に冬になって外で上着を着ないのは寒いだろうし、と思うのだけど(風がふくと「さみねー」と言うので)寒いことはどうやら理解しているようでもあらかじめ備えるためにモコモコの上着を着ておくことまでは納得できないらしく「寒いから、着よう」と声掛けするも、合意に至らず、まわりの子も来ているから、とか、きょうママの着ているのと同じ色だから、とかまったく本質的でない理由をつけてなんとか同意を取り付けようとしている。

2023.11.21

「ちっちゃなおばけだぞー」といいながら手を上にあげて、親に迫ってくる。
「ちっちゃなおばけは怖いの？」と聞くと、「こわくないよ、かわいいよ」と言う。
「おっきなおばけ」について聞くと、こちらは「こーわいよー」とのこと。

バイキンマンの乗るロボットが最近はお気に入りで、よくそれの話をしているので「あのロボットって、ダダンダダンって名前があるらしいよ」と言ってみたら興味なさそうな、陰のある顔をして「そぅ…」と言って反対を向いてしまった。つまらない年長者の蘊蓄を聞かされたときの年少者の気遣いである。

これもそうだが、ほかにも他人のモノを壊してしまったときのばつの悪さとか、あるいはゴメンねと謝ることに抵抗とか逡巡を見せたりとか、「ひとりでやる」と「いっしょにやろ」を切り替えてみたりだとか、教えたわけでもないのに、かなり微妙な陰影のある感情をあらわすことが増えた。
そういう感情は社会的なものとされているが、
つまり生得的でなくて後天的なものだという印象を与えるけれども、どうだろうか。

後天的というのが、言葉による伝達を指すなら流石に今の語彙では難しいだろう。
身振りとか、もっとnon-verbalな、見聞きしての学習としても、
年長児のみせる似た行動を真似しているだけとはどうにも思えず、不思議である。

ちっちゃなおばけ、みたいに彼はもう目に見える世界だけを生きているのではなく
たぶん近いうちに嘘をついてみたりとか、そういうこともするようになるのだろう。

この日記のはじまりは、彼がはじめて言葉を話した日で、
終わりは、彼がはじめて嘘をつく日と最初に決めておいたが、
それもあまり遠くない気がする。

2023.11.23

子供は「わかる」より先に「わかんない」を覚えたらしい。

分からないことのほうがより鮮明だったり直観的だったりするだろうか。

(彼が分からないと呟くのは目の前に出されたモノの名称を知らないときである。)

この「わかんない」と同時期に「あそぶ」を覚えたのは偶然でない気がしていて、どちらも漠然としたmode(様相?)を指すだけで具体的行為を示していない。

その点で「たべる」とか「てててする(走る)」とかの早く覚えた動詞とは異なる。


横須賀の友人に赤ちゃんが生まれたので顔を見にいく。

まだ二ヶ月というがもう首がすわっているような感じで、しかも泣かない子なので皆でお昼を食べに行って、途中すこし抱っこしてやるだけで問題なく外食できた。

これは少しうらやましいような気がした。


友人とは、大山海の新作の話などする。

原案とクレジットされているのが知らない人で、調べてみると渋家(シブハウス)の管理人だった人、それで色々思い出話。もう解散してしまったらしいが、あそこの多分一番活気のあった年月に出入りできたのは幸運だった気がする。

大場雄一郎さんにライトを焚いてもらって、ギンズバーグの朗読を一緒にやった。
ひらのさりあの踊りと、今沢カゲロウさんのライブ。
東京ディスティニーランドの一人芝居もあった。二〇一八年だったはず。
このよのはる百鬼夜行の夜だった。今も皆おおむね楽しそうに生きているのが良い。
あの空間には独特の後ろ暗さもあったけれど思い返すとやはり特別の場所だった。

帰ってきてから、用意していた絵本を渡していなかったことに気づく。
わざわざ遠くからやってきて、ピザを食べて帰った人になってしまった。
後で郵送する。

2023.11.28

このところ大変なのは、外出する前に上着を着せること、この一点である。外は寒いでしょう、と言っても「やだ」と一蹴される。

もしかしたら、もっと身体も小さくて言葉も出てこなかった新生児の時分から親が気づかないだけで同じくらい強い意思をずっと持っていたのかもしれないが二歳児ともなると、「断固拒否」するときの気合というか迫力が全然違っていて親がエイヤっと抱えるとか着替えさせるとかの対処がほとんど不可能になるのでそれで彼の意思というものを、いま改めて意識するようになっている。物理的に、パワーバランスの変化である。

一言でいえば彼の成長ということだろうが、他人と衝突するときの原風景が彼にいま作られているのだと考えると、責任感というか、重いものの感触がする。

大人になると、好きでなくとも何かをする／しないことを要請されるものでそれを規範と呼ぶなら、規範に初めて晒されるのは親から言われる小言の類だろう。「冬は長袖にしなさい」とか「外では靴を履きなさい」とか。

そのうち取り囲まれる規範の一々に対して、不合理と思うなら距離をおけるような、そういう意味でliberalな人間になってほしいと思っているので、予行のつもりで、彼が意見をもつならなるべく尊重するようにはしているが、たとえば風呂上りに濡れた体を拭くのを拒否されたりすると、その間は私も冷たくなっていくし、いいから、もう風邪ひいちゃうからこっち来なさい、となってしまうこともあり、これを強者による抑圧（の原型）と言われれば、否定はできない気もする。

たぶん実際上は、親との交渉を通じて世間への全般的態度が形成されていくのはもう少し後のことなんだろうけど、ただ親が「いまだ」と思うころには、きっとその時期は過ぎているにちがいない。

2023.12.4

A

子供にはどうやら生来的に備わっているらしい畏怖の感情があり、特定のモノを嫌うのとは違った、漠然とした何かへの忌避感をみせることがある。

(うちの子の場合は「おばけ」とか「こーわいのー」とかと名指されている。)

B

幼児は新奇なものを好み、親からみて「あぶないところ」に向かっていくものだが、しかし親が理解するような文法で危なさを説いても幼児にはまだ理解できない。「事前に」とか「あらかじめ」、「念のため」がまだ分からないからである。


AとBはそれぞれ独立した事象であるが同時に存在している。

このとき、「危ないところを避けるように子供に行動させる」ための選択肢は少ない。

というか、おそらく一つしかないと思う。「お化けがでるから…」の類である。

神社の茂みの向こうに立ち入ったところで怨霊に襲われるわけではないけれどもただ親の手の届かないところで足を踏み外せば大怪我する確率は高い。

子供は今、あきらかに記憶を持っていて、昨日あったことを伝えることもできる。ただ恐らくそれは、自我と結びついた、言語を介して想起される連続体ではなく、きっと成人したとき、大人のいう「記憶」としては保持されていないだろう。その代わりに彼の今の時間感覚は、世界が全体としてどうであるかの(前意識的な)印象となって持続していくのだろう。

世界中にある神話とか民話にあらわれる呪物とか怪異のなかに、親が幼児に言い伝えたことの痕跡であったり、あるいは、かつて幼児が受け取った印象の、時間をかけた実世界への反映があることは、考えてみると、そう驚くようなことでもないのかもしれない。

2023.12.7

土曜日は友人のお家に、子連れで行った。かなり喧しかったはずだが、穏やかなラグドール二匹がやさしく迎えてくれた。お出かけ先だと大人と同じものを飲み食いできるので子はご満悦である。生まれて初めてのカルピスを飲んで、おいしさに絶句し、天を仰いでいた。

私たちが小さかったころのカルピスって飲むと歯の裏側がざらざらしたよね、という思い出話をしたが、場の一同にはまったくピンと来なかったみたいで、カルピスを何で割って飲むかという点にスムーズに話題が移っていった。みな仕事ができる優秀な人たちという思いを新たにする。

日曜はクリスマスマーケットに出かけて、ヴァイツェンを飲んで満足し（子は麦茶）小さな赤いオーナメントを買って、まだ会場を出ないうちに壊れてしまったが、まぁ、こういうのは思い出だから。帰宅して、紛失しないうちに接着剤でつける。

それから少し遅い昼寝をして、三人で起きたのは四時半で、それから夕食の買い物。一二月だが、午前中からずっと暖かい。帰ってきて、Tさんが子とお絵描きをして、その間に鶏肉をマスタードで軽く煮て、七時に三人で食べる。三〇分でおしまい。
義母から送ってもらった冬の苺をそれから食べる。テレビ電話でお礼する。

生後半年くらいで初めて食べた苺が酸っぱかったからだろうか、
今でも彼は苺を基本的には甘いものと思っていなくて、かならず酸っぱい顔をする。
でも実際には甘いので吐き出すことなく沢山食べるのである。

週末が楽しかったみたいで夜は久しぶりに夜泣きして両親を起こしたりした。

2023.12.11

昨日は、帰宅すると、子が自分の名前を正しく発音していて驚いた。

一昨日までは、不思議な縮め方をした、九九の一つみたいな音で自称していたが、本名があるのを知ったらしく、一昨日までは嬉々として名乗っていた自前の愛称をもう一回だけ聞かしておくれとお願いしても、聞かせてくれなかった。

成長は後戻りできず、名前が変わるところもポケモンみたいだなと思った。


今日は病院に着くと、病棟ごとにクリスマスツリーが飾られて、すこし華やか。

小児科だけ特別にツリーが二つある。

窓の外では、くもり空に銀杏の黄葉が明るく、のっぽの身長計が渡り廊下で身をかがめて薄暗いのとは対照的である。


内科医たちは追加処置が発生するかもしれない検査を年末には始めないのでいきおい一二月下旬にあったはずの予定は一月上旬にずらされていって、結果として、一年で今だけ病院全体がわずかに静かになり、雪を待つみたいである。

来週に食べるケーキと、やり残した仕事のことなど勘案する。

地域の、十数年前にこの病院に勤めていて、いまは開業医をしている先生たちから
医局には順々にお歳暮が届き、私はそのうちの誰の顔も知らないが、
高い缶ジュースとか焼き菓子とかを感謝しつつ数個いただき、ゆったり席について
給与所得者の扶養控除等（異動）申告書にマイナンバーは書かずに□に✓
一六歳未満の扶養親族のマイナンバーは書かずに□に✓
給与所得者の基礎控除申告書兼給与所得者の配偶者基礎控除申告書兼所得金額調整
控除申告書に給与収入が八五〇万円以上かつ二三歳未満の扶養親族がいるためマイ
ナンバーは書かずに□に✓
それを茶色の大型封筒にいれて事務室のポストにおさめた。

2023.12.15

子供がはじめての嘘をついた。
書き始めたときから決めていたことなので、今日でこの日記は打ち止め。

もちろん大したことではなくて、お気に入りのドキンちゃんの人形を探していて、
彼が「どこー、どこー」と言っているのを、
私が「(おもちゃ入れの)カゴのなかは探した?」と訊くと
彼が「なかった!」と返事した、というそれだけである。
我が家のおもちゃ箱はすこし大きくて深いので、中を探すのはちょっと大変で
彼は自分で腕を入れて手探りするのが億劫だったのだろう。

嘘をいってみるのは、自分の見たり聞いたり知っていることと、
他人の(親の)見たり聞いたり知っていることが同じではない、違うのだ、と
ぼんやりと理解したからだろう。これはとても大切なことなので僕は嬉しい。

それと関係のない、きっとただの偶然だけれど、
今日はじめて彼の目をまっすぐ見れるようになったと、

ふとした一瞬に感じた日でもあった。

2023.12.20

あとがき

先の見えない、
急にあらわれた空白のなかを歩くようだけれど
総じて楽しい日々である。

ちょっとしたことの後に
いきなり画面が暗くなって
now loading.... と待たされるときにすこし似ている。

阿部大樹（あべ・だいじゅ）

1990年新潟県生まれ。精神科医。著書に『Forget it Not』（作品社）、『翻訳目録』（雷鳥社）。訳書にジュディス・L・ハーマン『心的外傷と回復 増補新版』（共訳）『真実と修復』（共にみすず書房）、H・S・サリヴァン『精神病理学私記』（共訳、日本評論社）『個性という幻想』（講談社学術文庫）、ルース・ベネディクト『レイシズム』（講談社学術文庫）、ヘレン・S・ペリー『ヒッピーのはじまり』（作品社）、ジェイムズ・スティーヴンズ『月かげ』（河出書房新社）がある。

now loading

2024年12月20日　初版第1刷印刷
2024年12月25日　初版第1刷発行

著　者　阿部大樹
発行者　青木誠也
発行所　株式会社 作品社
〒102-0072　東京都千代田区飯田橋2-7-4
電　話　03-3262-9753
ファクス　03-3262-9757
振替口座　00160-3-27183
ウェブサイト　https://www.sakuhinsha.com

装　　丁　堅田真衣
本文組版　米山雄基
編　　集　倉畑雄太
印刷・製本　シナノ印刷株式会社

Printed in Japan
ISBN978-4-86793-064-9　C0095

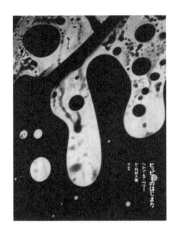